飞花令·秋

中国文化·古典诗词品鉴

素心落雪 编著

中国文史出版社

图书在版编目（CIP）数据

飞花令.秋/素心落雪编著.--北京:中国文史出版社,2018.4
ISBN 978-7-5205-0254-2

Ⅰ.①飞… Ⅱ.①素… Ⅲ.①古典诗歌-诗集-中国
Ⅳ.①I222

中国版本图书馆CIP数据核字(2018)第095761号

责任编辑：卜伟欣

出版发行：**中国文史出版社**
社　　址：北京市西城区太平桥大街23号　邮编：100811
电　　话：010-66173572　66168268　66192736（发行部）
传　　真：010-66192703
印　　装：北京温林源印刷有限公司
经　　销：全国新华书店
开　　本：787mm×1092mm　1/32
印　　张：6.25　　字数：120千字
版　　次：2018年8月第1版
印　　次：2018年8月第1次印刷
定　　价：29.80元

解读飞花令

飞花令，原是饮酒助兴的游戏之一，输者罚酒。源自古人的诗词之趣，得名于唐代诗人韩翃《寒食》中的名句“春城无处不飞花”。古代的飞花令要求，对令人所对出的诗句要和行令人吟出的诗句格律一致，而且规定好的字出现的位置同样有着严格的要求。

而现行“飞花令”的游戏规则相对宽松得多，只要围绕关键字背诵出相应的诗句即可。即使这样，“飞花令”仍是真正高手之间的对抗，因为这不仅考察对令者的诗词储备，更是临场反应和心理素质的较量。

飞花令

目录

诗经

《诗经》是我国最早的一部诗歌总集，收录了西周初年至春秋中叶（前11世纪至前6世纪）的诗歌305篇。诗经在内容上按照歌辞曲调的不同分为风雅颂三部分，在艺术手法上多采用赋比兴，是我国现实主义文学的源头。

彼采萧兮，一日不见，如三秋兮

采葛

诗经·国风·王风

彼采葛兮，一日不见，如三月兮。
彼采萧兮，一日不见，如三秋兮。
彼采艾兮，一日不见，如三岁兮。

注释

葛：葛藤，一种蔓生植物，块根可食，茎可制纤维。

萧：植物名，有香气，古时用于祭祀。

三秋：三个秋季。这里三秋长于三月，短于三年，义同三季，九个月。

艾：多年生草本植物。

简析

这首诗总的来说表达了相思之情，但是不同的人对该诗的解读有不同的观点，有淫奔说、惧谗说、怀友说、戍卒思妇说等多种看法，一般来讲我们认为这是一首思念恋人的诗。全诗一共有三章，每章有三句，简单质朴，却传颂千年。诗中的采葛、采萧和采艾分别为了织布、祭祀和治病，讲的是女子辛勤的劳动。这个时候，男子思念起自己的情人来，他们认为一天不见自己的情人，就好像隔了三个月、三个季度乃至三年那么久，时间不断增加，情感也不断加深，后人用“一日不见，如隔三秋”来表达相思正是出自此诗。身处爱恋之中的人，最是理解这种相思之苦，心理时间是无法用物理时间来衡量的。这首诗抓住了世人最能理解的普通又痛苦的情感反复吟诵，至今仍然能够引起现代读者的共鸣。

背景

这首诗创作的具体年代不可考，是表达思念情人的诗歌。

名家点评

〔南宋〕朱熹：“赋也。采葛所以为絺綌，盖淫奔者托以行也。故因以指其人，而言思念之深，未久而似久也。”(《诗集传》)

曹操

曹操（155—220），字孟德，东汉末年政治家、军事家、文学家，其文学成就主要表现在诗歌上，今存曹操诗歌20多篇，全部是乐府诗体。内容大体上可以分成时事、感怀和游仙诗三类，与其子曹丕、曹植并称“三曹”。

秋风萧瑟，洪波涌起

观沧海

汉·曹操

东临碣石，以观沧海。水何澹澹，山岛竦峙。
树木丛生，百草丰茂。秋风萧瑟，洪波涌起。
日月之行，若出其中。星汉灿烂，若出其里。
幸甚至哉，歌以咏志。

注释

观：欣赏。
临：登上，有游览的意思。
澹澹：水波摇动的样子。

竦峙：高高地耸立。竦：通“耸”，高起。峙，挺立。

萧瑟：草木被秋风吹的声音。

简析

曹操的这首诗是一首古体诗，以四言为主，是最早出现的四言文人诗之一，艺术价值很高。诗人面对着洪波涌起的大海，借景抒情。“东临碣石”说出了作者“观沧海”的位置，作者居高临下，看到大海的壮阔，赞美之情油然而生。先写了“水何澹澹，山岛竦峙”这两句一动一静总括水、岛之美，“树木丛生，百草丰茂”承接写岛，以静景为主，“秋风萧瑟，洪波涌起”则详写水，是动态描写。接着诗人展开丰富的联想，“日月之行，若出其中。星汉灿烂，若出其里”，这是曹操面对眼前所见而抒发的凌云壮志，他的政治抱负，那种将天下纳入自己掌中的大海一样宽阔的胸襟全都跃然纸上。最后一句“幸甚至哉，歌以咏志”和全诗没有内容上的关系，这继承了一些乐府诗的结束语形式。全诗意境开阔，气势雄浑。

背景

建安十二年（207），曹操亲率大军北上，七月临碣石山时触景生情，写下了这首名篇。

名家点评

〔唐〕吴兢：东临碣石，见沧海之广，日月出入其中。（《乐府古题要解》）

〔清〕张玉穀：此志在容纳，而以海自比也。（《古诗赏析》）

张翰

张翰，出生年月不详，字季鹰，西晋著名文学家。张翰颇有才华，因为身受亡国之痛，所以佯狂避世，放荡不羁，这和曹魏时期的阮籍很像。因为阮籍被称为“阮步兵”，所以张翰当时被称为“江东步兵”。

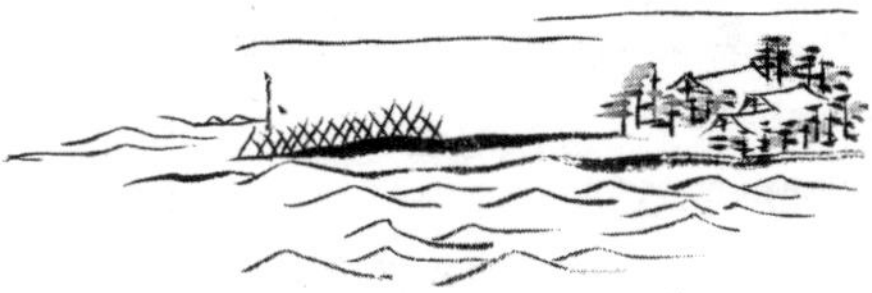

秋风起兮木叶飞，吴江水兮鲈正肥

思吴江歌

魏晋·张翰

秋风起兮木叶飞，吴江水兮鲈正肥。
三千里兮家未归，恨难禁兮仰天悲。

注释

木叶：树叶。

简析

诗的前两句“秋风起兮木叶飞”描述了秋天的景物，从而引出对故乡的思念。秋风萧瑟，天高气爽，这样的美景应该是供人享受的，动人的美景背后却引起了客居异乡的诗人的思乡之情，因为诗人想念的是家乡“吴江水”里的“鲈鱼肥”，这里张翰选取了家乡最具有代表性的事物进行描写，更增加了内心的渴望。此诗作者感受到了政治上的黑暗，自己的失望和忧虑使得他更加思念家乡。后边两句“三千里兮家未归，恨难禁兮仰天悲”暗含了深刻的感情，抒发了未能回到千里之外的故乡的“恨”与“悲”。这首诗中“秋风鲈脍”“莼羹鲈脍”的典故，深深地影响了唐宋诗人，本书后边很多写到秋天的诗歌都可以看到张翰这首《思吴江歌》的影子。

背景

这首诗写于“八王之乱”初起之时，当时的齐王对张翰有笼络之心，张翰兴起思归之意时所作。

名家点评

〔北宋〕王赞：“吴江秋水灌平湖，水阔烟深恨有余。因想季鹰当日事，归来未必为莼鲈。”

〔明〕王文：“季鹰吴江鲈莼与渊明故园松菊，同斯意致。”

虞世南

虞世南（558—638），字伯施，南北朝至隋唐时期著名书法家、文学家、诗人、政治家。唐太宗称赞他的德行、忠直、博学、文词和书法为“五绝”，尤善书法，与欧阳询、褚遂良、薛稷合称“初唐四大家”。

居高声自远，非是藉秋风

蝉

唐 · 虞世南

垂緌饮清露，流响出疏桐。
居高声自远，非是藉秋风。

注释

垂緌：古代官帽打结下垂的部分，蝉的头部有伸出的触须，形状好像下垂的冠缨。也指蝉的下巴上与帽带相似的细嘴。

饮清露：古人认为蝉生性高洁，栖高饮露，其实是刺吸植物的汁液。

流：发出。

流响：指蝉长鸣不已，声音传得很远。

藉：凭借、依赖。

简析

这是一首咏物诗，古人往往借物喻人，所以该诗看似写蝉的形体、习性和声音，实际上句句都写了诗人自己的高洁品格。首句“垂緌饮清露”写了蝉的形状与食物，这句使用了象征的手法。“垂緌”指的是“冠缨”，而古人常以“冠缨”指代达官贵人，所以“垂緌”二字暗示了显宦身份，这种显赫的身份怎么能够称为“清”呢？但是诗人让“垂緌”和“清”在蝉身上达到了统一。第二句“流响出疏桐”写了蝉声从高大挺拔的梧桐树上传出，将此与上句结合理解，则是写出了人的清华隽朗。诗歌的后两句“居高声自远，非是藉秋风”采用了议论的手法，是全诗的“点睛”之笔。说的是立身高洁之人，不依靠身份地位就能够名声远扬了。作者用蝉自比，表现出一种雍容自得的风韵。

背景

这首诗是作者的自画像，具体创作时间不可考。

名家点评

〔明〕钟惺、谭元春：钟云：与骆丞“清畏人知”语，各善言蝉之德。谭云：于清物当说得如此。(《唐诗归》)

〔清〕沈德潜：命意自高。咏蝉者每咏其声，此独尊其品格。(《唐诗别裁》)

〔清〕李锳：咏物诗固须确切此物，尤贵遗貌得神，然必有命意寄托之处，方得诗人风旨。此诗三、四品地甚高，隐然自写怀抱。(《诗法易简录》)

王绩

王绩（约589—644），字无功，号东皋子，唐代诗人。其山水田园诗朴素自然，意境浑厚。后世公认王绩是五言律诗的奠基人，他在扭转齐梁余风上做出了很大贡献，从而树立了唐诗的早期典范。

树树皆秋色，山山唯落晖

野望

唐·王绩

东皋薄暮望，徙倚欲何依。
树树皆秋色，山山唯落晖。
牧人驱犊返，猎马带禽归。
相顾无相识，长歌怀采薇。

注释

东皋：山西省河津县的东皋村，诗人隐居的地方。

薄暮：傍晚，太阳快落山的时候。

徙倚：徘徊，彷徨。

禽：鸟兽，这里指猎物。

简析

这首诗写的是山野秋天的景色，全诗都流露出秋天的萧瑟和安静，作者的孤独之情也就呈现了出来。“东皋薄暮望”中的“东皋”写出地点，当时作者在家乡隐居，常常到北山、东皋游玩，自己甚至有号“东皋子”。“薄暮望”是看的时间，恰在黄昏时分。“徙倚欲何依”一句化用曹操《短歌行》中的“乌鹊南飞，绕树三匝，何枝可依”，说明自己的百无聊赖，彷徨无措。紧接着“树树皆秋色，山山唯落晖。牧人驱犊返，猎马带禽归”写出了举目环望周围的景色。在落日余晖的映衬中，本来就已经显得萧条的秋色更加萧瑟。这四句有静有动，由远及近地恰到好处地渲染出一幅秋季暮色图。但是诗人并没有在隐居的田园生活中找到寄托，所以说“相顾无相识，长歌怀采薇”，希望自己可以和古代隐士为友，以慰藉自己孤苦无依的灵魂。

背景

这首诗是诗人王绩入唐后辞官隐居在东皋（在今山西河津）的时候所作。

名家点评

〔明〕李攀龙、袁宏道：起句即破题。“秋色”补题不足，且生结意。“落晖”应“薄暮”，且生“返”“归”二句。（《唐诗训解》）

卢照邻

卢照邻（约636—约680），字升之，自号幽忧子，初唐诗人。他与王勃、杨炯、骆宾王以文词齐名，世称“王杨卢骆”，号为“初唐四杰”。卢照邻尤其擅长七言歌行体，对推动七言古诗发展有很大的贡献。

常恐秋风早，飘零君不知

曲池荷

唐 · 卢照邻

浮香绕曲岸，圆影覆华池。
常恐秋风早，飘零君不知。

注释

浮香：荷花的香气。
圆影：指圆圆的荷叶。
飘零：坠落，飘落。

简析

作者卢照邻是“初唐四杰”之一，由于其一生多艰辛，所以诗歌多忧苦愤激，这首诗借咏物而抒情，是古人常用的方法。诗歌第一句“浮香绕曲岸”未见荷花已闻花香，这种侧面描写很是独特。第二句“圆影覆华池”写月影照耀，那圆圆的影子和月下荷花相互映衬。前两句重在写荷花的香味和外形，荷花盛开，沿着曲折的岸边已经闻到了它的清香，而月光下的荷花和月影相辅相成，描绘出花好月圆之美好。后两句笔锋一转，“常恐秋风早，飘零君不知”，诗人赋予花朵人的心理，让花朵自我哀悼了起来，而这实际上是诗人自己的感慨，此时人与花相互连通，整个人生志向溶于荷花之中。这两句沿用了屈原《离骚》中“惟草木之零落兮，恐美人之迟暮”的意思，含蓄地抒发了自己怀才不遇之情。

背景

卢照邻一生坎坷多舛，志向很大但是官职很小，于永徽三年（652）作此诗抒怀。

名家点评

〔唐〕皎然：以荷之芳洁自比，荷受秋风飘零，不为人知，以喻人负异才，流落无人知也。(《诗式》)

〔清〕沈德潜：言外有抱才不遇、早年零落之感。(《唐诗别裁》)

〔清〕宋宗元：末二句，托兴蕴藉。(《网师园唐诗笺》)

〔民国〕刘永济：此诗亦《离骚》“恐美人之迟暮”之意，言为心声，发于不觉也。(《唐人绝句精华》)

骆宾王

骆宾王（约638—684），字观光，是“初唐四杰”中诗作最多的一位。他和卢照邻一样尤擅七言歌行，名作《帝京篇》是初唐罕有的长篇，当时人们就已经竞相传唱了。其五律也是初唐中文学价值较高的。

寒更承夜永，凉夕向秋澄

送别

唐·骆宾王

寒更承夜永，凉夕向秋澄。
离心何以赠，自有玉壶冰。

注释

寒更：指寒冷夜晚的敲更声。

承：接续。此句指寒夜漫漫。

凉夕：清凉的晚上。

秋澄：像秋天那般澄澈。

离心：离别的难舍难割之心。

简析

初唐时期，政治还没有稳定下来，诗人面对即将离别的友人道尽了离别之情，这时刻是“寒更”“凉夕”，这氛围是“无边落木”。“寒更承夜永，凉夕向秋澄”写寒冷深夜里打更的更点敲个不停，这夜晚冰凉如水，好像秋天的夜晚似的那么澄澈。后两句“离心何以赠，自有玉壶冰”是说诗人就要和朋友离别了，我拿什么赠送给你呢？只有我对你最真诚的友谊了。“玉壶冰”指的是玉壶里装的冰块，因为是送别，所以可以看做是对友谊纯净透明的暗示。有意思的是，这首诗被认为是送别诗，但是并没有告诉我们作者在何处送别，也没有告诉我们他要送别的是何许人也，即使如此，读者仍然可以从中感受出送友千里的情感。也正是诗歌没有特定的送别对象，所以我们可以将其看成是一首纯粹的抒怀诗篇。

背景

这首诗是在初唐政治还不稳定的历史时期下，诗人在秋天面对所谓离别的友人所作的一首赠别诗。

李峤

李峤（645—714），字巨山，唐朝宰相，文学家。他以文辞著称，是武后、中宗时期的文坛领袖，与苏味道并称“苏李”，又与苏味道、杜审言、崔融合称“文章四友”，晚年被人们尊称为“文章宿老”。

解落三秋叶，能开二月花

风

唐·李峤

解落三秋叶，能开二月花。
过江千尺浪，入竹万竿斜。

注释

解：能够。

三秋：农历九月，指秋天。

二月：农历二月，指春天。

过：经过。

简析

这首诗写的是“风”，但是全诗不着一字，却又没有离开风的作用。全诗写诗人在登山过程中，看到了“叶”“花”“浪”“竹”在大自然风力的影响下都发生了变化。“解落三秋叶，能开二月花”一句中的“叶落”与“花开”本来是大自然赋予植物本身的变化，但是诗人却把叶落花开归结为外力——风的作用，不能不说作者心思之灵机，这就展示出风能够给予万物以温情的关怀。后边又说“过江千尺浪”，风还可以卷起千尺的浪，这又展现了风力之盛，风可以上下千里，让浪直达云霄，也可以横扫千军，所以能“入竹万竿斜”。这两句又写出了风力之大，也能给物体以致命一击，从而将风的变幻莫测展示出来。此诗表面写大自然的力量——风，但是谁又能说诗人写的不是人情呢？如果把风理解为“世风”，那么人间的悲欢离合怎会不体现呢？

背景

此诗的创作年代没有明确，很多人认为是李峤、苏味道、杜审言三人登顶泸峰山时李峤诗兴所致，随口吟诵而成。

名家点评

〔当代〕杨乃乔：笔法细致，观察敏锐。(《千家诗新编》)

〔当代〕崔增亮：语言精练、准确、形象。(《小学古诗教学研究》)

〔当代〕羊玉祥：四句皆对，字字皆对，也比较板滞。(《古典诗文鉴赏》)

苏颋

苏颋（670—727），字廷硕，唐代政治家、文学家。苏颋聪颖过人，能过目不忘，是初唐、盛唐之交时期的著名文士，与燕国公张说齐名，二人并称“燕许大手笔”。

心绪逢摇落，秋声不可闻

汾上惊秋

唐·苏颋

北风吹白云，万里渡河汾。
心绪逢摇落，秋声不可闻。

注释

河汾：黄河与汾水的并称。

心绪：此处谓愁绪纷乱。

简析

这首诗即兴咏叹，颇有深意。诗的前两句“北风吹白云，万里渡河汾”一上来就化用了汉武帝《秋风辞》“秋风起兮白云飞”和“泛楼船兮济河汾”的诗意，看似是写了自己所见，实际上他用这两句写出了汉武帝的往事，当年汉武帝到汾阴祭后土，而今联想到唐玄宗的所作所为与当年何其相似，历史的重演也许意味着盛世走向衰败的重演，但是诗人并没有直接点明，一切尽在不言中。后两句“心绪逢摇落，秋声不可闻”又化用宋玉《九辩》“悲哉秋之为气也，萧瑟兮草木摇落而变衰”的诗意，在写萧瑟秋季的时候也写出了自己不得志的人生际遇。

背景

这首诗大概创作于唐开元十一年（723）或次年（724）秋天，主要反映的是苏颋人生失意时期的感慨。

名家点评

〔明〕胡元瑞：“不可闻”三字自佳。(《唐诗广选》)

(明末清初)唐汝询：急起急收，而含蕴不尽，五绝之最胜者。(《删订唐诗解》)

〔清〕沈德潜：一气流注中仍复含蓄，五言佳境。(《唐诗别裁》)

〔清〕黄叔灿：是秋声摇落，偏言心绪摇落，相为感触写照，秋声愈有情矣。(《唐诗笺注》)

〔清〕宋顾乐：大家气格，五字中最难得此。与王勃《山中》作运意略同，而此作觉更深成。(《唐人万首绝句选评》)

孟浩然

孟浩然（689—740），名浩，字浩然，号孟山人，世称孟襄阳、孟山人，是唐代著名的山水田园派诗人，与王维并称为“王孟”。孟浩然是盛唐山水田园诗派的第一人，“兴象”创作的先行者，对后代诗人影响很大。

愁因薄暮起，兴是清秋发

秋登兰山寄张五

唐 · 孟浩然

北山白云里，隐者自怡悦。
相望试登高，心随雁飞灭。
愁因薄暮起，兴是清秋发。
时见归村人，沙行渡头歇。
天边树若荠，江畔洲如月。
何当载酒来，共醉重阳节。

注释

北山：指张五隐居的山。

薄暮：傍晚，太阳快落山的时候。

清秋：明净爽朗的秋天。

荠：荠菜。

何当：商量之辞，相当于“何妨”或“何如”。

简析

这是孟浩然秋天来临之际登高望远怀念好友的诗。诗歌开头二句“北山白云里，隐者自怡悦”化自晋代陶弘景的《答诏问山中何所有》，说明登高望远是为了自娱自乐。三、四句“相望试登高，心随雁飞灭”开始对友人的思念，其中“相望”更是直接说明了对张五的挂念。诗人极目远眺却看不到朋友，只能看见那南飞的大雁。后边四句“时见归村人，沙行渡头歇。天边树若荠，江畔洲如月”，写了诗人从山上又向下眺望，看到了劳动的人们三两归家，有的走在路上，有的坐在渡头。再往远看，看到了天边的树，因为太远了好像一棵棵的荠菜，离得虽然远，然而清晰可见。最后两句“何当载酒来，共醉重阳节”照应开头的“秋”，进一步表明对友人的思念，从而赞颂了纯真的友谊。

背景

孟浩然隐居在岘山附近，当时和万山相对，所以作此诗寄意张五，赞颂纯真的友谊。

名家点评

〔清〕张文荪：超旷中独饶劲健，神味与右丞稍异，高妙则一也。结出主意，通首方着实。(《唐贤清雅集》)

〔当代〕王文濡：“天边”“江畔”两句，摹写物象，超然入神。(《历代诗评注读本》)

王昌龄

王昌龄（698—757），字少伯，盛唐著名边塞诗人，以写七言绝句见长，其边塞诗善于捕捉典型的情景，有着高度的概括性和丰富的表现力，被人称为“诗家夫子王江宁”，后人赞誉他为“七绝圣手”。

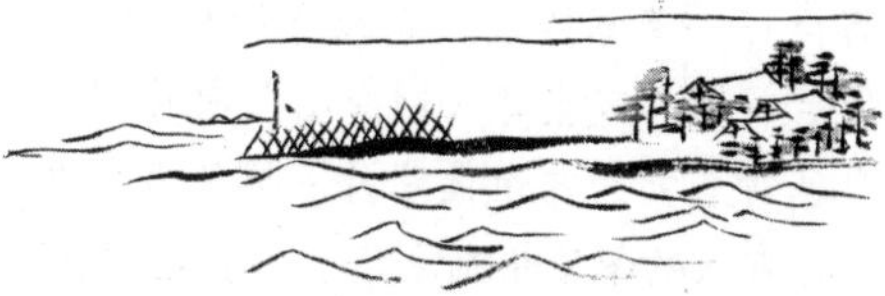

丹阳城南秋海阴，丹阳城北楚云深

芙蓉楼送辛渐二首（其二）

唐 · 王昌龄

丹阳城南秋海阴，丹阳城北楚云深。
高楼送客不能醉，寂寂寒江明月心。

注释

辛渐：诗人的一位朋友。
楚云：指楚天之云。
寒江：指秋冬季节的江河水面。

简析

《芙蓉楼送辛渐二首》是王昌龄在芙蓉楼送别友人辛渐所写的一组诗歌，其中第一首中“洛阳亲友如相问，一片冰心在玉壶”广为流传，这是第二首。诗歌前两句“丹阳城南秋海阴，丹阳城北楚云深”用“秋海阴”“楚云深”这样的景物起兴，有着秋光萧瑟之感。诗人看到了浩荡的江水向东流，烟波淼淼，这就如同诗人的心情，朋友就要远去，自己的心情极为沉重。第三句“高楼送客不能醉”说自己送友人的地址是在这座高楼——芙蓉楼上，直接与诗题相呼应，起到了点题的作用。最后一句“寂寂寒江明月心”直接抒情，江水湍流不息，只有自己对朋友的友谊像明月一样纯真持久。全诗情景结合，表达了送友人的依依惜别之情，不负佳作盛名。

背景

天宝元年（742），王昌龄出任江宁县丞，辛渐去洛阳途中与王昌龄相遇，这首诗是两人分别时王昌龄所作。

名家点评

〔清〕周珽：神骨莹然如玉。薛应旂曰：多写己意。送客有此一法者。(《唐诗选脉会通评林》)

〔近代〕邹弢：自夜至晓饯别，风景尽情描出。下二句写临别之语，意在言外。(《精选评注五朝诗学津梁》)

〔清〕宋顾乐：唐人多送别妙。少伯请送别诗，俱情极深，味极永，调极高，悠然不尽，使人无限流连。(《唐人万首绝句选评》)

烽火城西百尺楼，黄昏独上海风秋

从军行七首（其一）

唐·王昌龄

烽火城西百尺楼，黄昏独上海风秋。
更吹羌笛关山月，无那金闺万里愁。

注释

从军行：乐府旧题，属相和歌辞平调曲，多是反映军旅辛苦生活的。

关山月：乐府曲名，多为伤离别之辞。

无那：无奈，指无法消除思亲之愁。

简析

盛唐气象下，人民颇有建功立业之心，此时王昌龄写了一组从军行，这是组诗的第一首。诗歌前两句“烽火城西百尺楼，黄昏独上海风秋”写出叙事地点是烽火城西的瞭望台，叙事时间是黄昏，这里漫无人烟，荒凉的原野上又逢秋季，这恰恰是思归的季节，也是思归的时间，荒凉之感油然而生。后两句“更吹羌笛关山月，无那金闺万里愁”写在这种寂寥之中，忽然传来了阵阵笛声，这时候整个边塞战士心中的情感就再也控制不住了，他们好像听到了家中思妇的呼唤。最后一句诗人想写的是征人思乡，但是却调转笔锋写了家中的思妇，使得诗歌更具意趣。诗中所写“关山月”是乐府旧题，常常描写边塞征人久戍不归，思念闺妇的心情，与此诗的主旨相匹配。

背景

《从军行七首》是王昌龄在盛唐时期采取乐府旧题写的一组边塞诗，这是其中的第一首。

名家点评

〔清〕黄王：当黄昏独坐之时，乡思已自“无那”，岂意羌笛更吹《关山月》之曲，闻之使人倍难为情矣。(《唐诗摘钞》)

〔清〕黄白山、朱之荆：己之愁从金闺之愁衬出，便为情深。(《增订唐诗摘钞》)

“更吹”，曰“无那”，写出黄昏独上之情，极缠绵悱恻。(《唐诗笺注》)

〔清〕李瑛：不言己之思家，而但言无以慰闺中之思己，正深于思家者。(《诗法易简录》)

撩乱边愁听不尽，高高秋月照长城

从军行七首（其二）

唐·王昌龄

琵琶起舞换新声，总是关山旧别情。
撩乱边愁听不尽，高高秋月照长城。

注释

新声：新的歌曲。

关山：边塞。

撩乱：心里烦乱。

边愁：久住边疆的愁苦。

简析

这是王昌龄一组七首从军行中的第二首，截取了征人生活的一个片段进行了叙述和抒情，全诗明写军中宴乐，实则表现士兵的复杂心情。“琵琶起舞换新声”是说歌曲有了新的曲调，舞蹈有了新的变换，整个诗歌一开篇就是一片声色之景。然而其中“琵琶”这西域的乐器却又透露了大家身处边塞的征人身份。在这里欣赏歌舞的都是背井离乡的战士，心中充满了离情别恨，所以说“总是关山旧别情”。“撩乱边愁听不尽”是写无论大家听到的曲调是什么，总是扰乱得人心神不宁，那曲调想听不敢听，不听又不断地演奏出来进入耳中。这种愁绪到了最后一句诗人笔锋又一转，“高高秋月照长城”忽然展示出一个朗月照耀着长城的苍茫景象。这一句可以产生读者的多种思考，这既可以看做是征人想念关内的家乡，也可以理解为将士们保家卫国的决心，还能够展现出对祖国山川深沉的爱恋。

背景

《从军行七首》是王昌龄在盛唐时期采取乐府旧题写的一组边塞诗，这是其中的第二首。

名家点评

〔清〕宋顾乐：此首第二句已斩绝矣，第三句转得不迫，落句更有含蓄，愈叹其妙。(《唐人万首绝句选评》)

〔近代〕王闿运：此篇声调高响，明七子皆为之时不厌人意者。(《湘绮楼说诗》)

〔近代〕王闿运：以“新”“旧”二字相起，有无限情韵，俗本作“离别”，便索然矣。(《王闿运手批唐诗选》)

胡瓶落膊紫薄汗，碎叶城西秋月团

从军行七首（其六）

唐・王昌龄

胡瓶落膊紫薄汗，碎叶城西秋月团。
明敕星驰封宝剑，辞君一夜取楼兰。

注释

胡瓶：唐代西域地区制作的一种工艺品，可用来储水。

敕：专指皇帝的诏书。

星驰：像流星一样迅疾奔驰，也可解释为星夜奔驰。

简析

这是王昌龄一组七首从军行中的第六首，主要描写了将军要奔赴边关、建功立业的迫切心情。诗歌的第一句“胡瓶落膊紫薄汗”写一位将军臂膊上绑缚着胡瓶，骑着紫薄汗马，急于奔赴战场。这句里边使用了胡人的东西，暗指将军将要去的地方。第二句“碎叶城西秋月团”写碎叶城的空中挂着一轮明月，这是边塞的景色。这里的“碎叶城”在唐朝的西部，是现在吉尔吉斯斯坦的托克马克城，盛唐诗人李白当年就出生于此地，说明所去之地的远。诗的后两句“明敕星驰封宝剑，辞君一夜取楼兰”豪气大发，说边境传来了非常紧急的军情，皇上传召将军，带着尚方宝剑上战场杀敌，相信很快就大获全胜。这交代了将军飞驰奔赴边疆的原因，展现出大唐威风，从而抒发了盛唐时代军民的自信和自豪。

背景

《从军行七首》是王昌龄在盛唐时期采取乐府旧题写的一组边塞诗，这是其中的第六首。

王维

王维（约701—761），字摩诘，号摩诘居士，唐朝著名诗人、画家。山水田园诗派代表人物，诗歌清新淡远，自然脱俗，被称为“诗佛”。苏轼说：“味摩诘之诗，诗中有画；观摩诘之画，画中有诗。”

荒城临古渡，落日满秋山

归嵩山作

唐 · 王维

清川带长薄，车马去闲闲。
流水如有意，暮禽相与还。
荒城临古渡，落日满秋山。
迢递嵩高下，归来且闭关。

注释

清川：清清的流水。

去：行走。

闲闲：从容自得的样子。

迢递：遥远的样子。

且：将要。

简析

这首诗写出了王维辞官之后在归隐途中看到的景色，抒发了诗人闲适的心情。第一联“清川带长薄，车马去闲闲”先描写了自己归隐山林准备出发，清凌凌的河水环绕着一片草场，自己的车马信步其间，作者的悠闲可见一斑。然后用“流水如有意，暮禽相与还”进一步使用了拟人的修辞方法，详细叙述途中所见，流水缓缓流淌，鸟儿回归巢中，这都是和诗人作伴同行。第三联“荒城临古渡，落日满秋山”十个字写出了荒城、古渡、落日、秋山四种景物，这都是暗淡之景，充满了凄清之情。最后两句“迢递嵩高下，归来且闭关”点明作者的归隐主题，诗人打算从此以后不再问俗世事务，要安心在这隐居之所过恬淡的田园生活，这个时候诗人的情感又回归于悠闲自得。

背景

开元年间，王维从济州回到洛阳附近的嵩山处隐居，这是他一次从长安回嵩山时所作。

名家点评

〔南宋〕方回：闲适之趣，澹泊之味，不求工而未尝不工者，此诗是也。(《瀛奎律髓》)

〔明〕顾璘：起是《选》语。(《批点唐音》)

〔明〕钟惺、谭元春：钟云：“如有意”深于无意（“流水”句下）。(《唐诗归》)

空山新雨后，天气晚来秋

山居秋暝

唐·王维

空山新雨后，天气晚来秋。
明月松间照，清泉石上流。
竹喧归浣女，莲动下渔舟。
随意春芳歇，王孙自可留。

注释

暝：日落，天色将晚。
空山：空旷，空寂的山野。
新：刚刚。
喧：喧哗，这里指竹叶发出沙沙声响。
浣：洗涤衣物。
随意：任凭。
歇：消散，消失。
王孙：原指贵族子弟，后来也泛指隐居的人。

简析

这首诗是诗人用自然美来表现自己的人格美和社会的理想之美的一首诗，体现了王维山水田园诗创作的水平。“空山新雨后，天气晚来秋”是说山中宛若桃源胜地一般，万物被雨水洗刷，空气清新。当时天色已晚，但是皓月当空，虽然花朵多谢，可是青松依然挺立。这皓月、这青松正是诗人自己的人格追求，他以此来象征自己的心志高洁。就在这个时候，他听到了竹林中传来姑娘们的嬉笑声，这是那些天真无邪的女子洗完了衣服回家了。这让整个诗歌在静景中出现了动态美，这样一个自己理想中的自在所在诗人不得不吟咏出“随意春芳歇，王孙自可留”的佳句。《楚辞·招隐士》说：“王孙兮归来，山中兮不可久留！”这里，王维反其义而用，更加坚定了作者归隐山水的决心。

背景

王维曾经隐居在终南山下的辋川别墅，这是他当时见到初秋时节山居雨后黄昏景色的时候所作。

名家点评

〔南宋〕总无可点，自是好。(《王孟诗评》)

〔明〕郭云：色韵清绝。(《增订评注唐诗正声》)

〔明〕钟惺、谭元春：说偈（“明月”二句下）。钟云：“竹喧”“莲动”细极！静极！(《唐诗归》)

〔清〕周珽：月从松间照来，泉由石上流出，极清极淡，所谓洞口胡麻，非复俗指可染者。“浣女”“渔舟”，秋晚情景；“归”字、“下”字，句眼大妙；而“喧”“动”二字属之“竹”“莲”，更奇入神。(《唐诗选脉会通评林》)

寒山转苍翠，秋水日潺湲

辋川闲居赠裴秀才迪

唐·王维

寒山转苍翠，秋水日潺湲。
倚杖柴门外，临风听暮蝉。
渡头余落日，墟里上孤烟。
复值接舆醉，狂歌五柳前。

注释

辋川：水名，在今陕西省蓝田县南终南山下。

裴迪：诗人，王维的好友。

潺湲：水流声。这里指水流缓慢的样子。

暮蝉：秋后的蝉，这里是指蝉的叫声。

墟里：村落。

值：遇到。

五柳：陶渊明。

简析

王维的诗歌“诗中有画画中有诗”，这首诗不仅仅是诗画的结合，还是与音乐的完美结合。这首诗的前边写景，“寒山转苍翠，秋水日潺湲”是山中的秋景，这里有山有水，纯属天然。第二联“倚杖柴门外，临风听暮蝉”描绘了辋川附近深秋时分的山水田园风光，和陶渊明《归去来辞》的“策扶老以流憩，时矫首而遐观”表达的田园生活非常相似。“渡头余落日，墟里上孤烟”取自陶渊明的“暧暧远人村，依依墟里烟”，写出了美丽的原野暮色。最后一联“复值接舆醉，狂歌五柳前”写人，这里提到的接舆是春秋时期楚国人，他假装疯子，乐于山水而不出去做官，作者用接舆比裴迪；而诗人则以五柳先生陶渊明自比。简单几笔就分别描绘出诗人自己和好友裴迪两个人的隐者形象。

背景

裴迪是王维的好友，两人曾经一起在终南山隐居，这首诗就是他们相互唱和之作。

名家点评

〔清〕张文荪：神韵止可意会，才拟议便非。(《唐贤清雅集》)

〔北宋〕孙洙：又从上“暮”字生出(“墟里”句下)。(《唐诗三百首》)

〔清〕高步瀛：自然流转，时气象又极阔大。(《唐宋诗举要》)

桂魄初生秋露微，轻罗已薄未更衣

秋夜曲

唐·王维

桂魄初生秋露微，轻罗已薄未更衣。
银筝夜久殷勤弄，心怯空房不忍归。

注释

秋夜曲：属乐府《杂曲歌辞》。

轻罗：轻盈的丝织品，在此代指夏装。

殷勤弄：频频弹拨。

空房：谓独宿无伴。

简析

王维的诗歌清新脱俗，本诗前两句写景，后两句抒情，是很典型的叙事抒情诗。诗歌前两句写到“桂魄初生秋露微，轻罗已薄未更衣”，“桂魄”是月亮的代称，这句话是说夜幕降临月亮升起，此时已经生起了稀薄的露水，说明天气逐渐凉爽，这和整首诗要表达的清冷之感融为一体；然后写女主人公穿的薄薄的衣服根本不足以抵挡如此寒气，但是到了夜半时分她还没有换上厚衣服，这是因为相思入骨，忘记了寒冷。第三句“银筝夜久殷勤弄”写女子频频弹琴，在这月夜中抒发自己的情感，她并不是喜爱弹琴啊！所有的情绪在最后一句“心怯空房不忍归”的心理活动中展现出来，从而将女子的幽怨哀婉极生动地写了出来。这首诗歌的语言极为含蓄，情思细腻，通过描写主人公的心理活动来说明其哀怨的情感。

背景

该诗创作时间不可考，是诗人借助古乐府题目展现女主人公独守空房哀怨的诗歌。

李白

李白（701—762），字太白，号青莲居士，又号“谪仙人”，是盛唐伟大的浪漫主义诗人，被誉为“诗仙”，与杜甫并称为“李杜”。其乐府、歌行及绝句成就为最高，诗歌汪洋恣肆，想象奇特，对后世影响很大。

峨眉山月半轮秋，影入平羌江水流

峨眉山月歌

唐·李白

峨眉山月半轮秋，影入平羌江水流。
夜发清溪向三峡，思君不见下渝州。

注释

半轮秋：谓秋夜的上弦月形似半个车轮。

发：出发。

下：顺流而下。

渝州：唐代州名，即今重庆市。

简析

这首诗是李白最脍炙人口的名篇之一，是他早年初出蜀地，来到峨眉所作。全诗第一句“峨眉山月半轮秋”从“峨眉山月”开始写，一个“半轮秋”点出了自己离开蜀地开始游历的季节。“影入平羌江水流”暗示诗人月夜乘舟的景象，在这里塑造了月影清江的美景。后两句“夜发清溪向三峡，思君不见下渝州”写诗人连夜从清溪一路驶向三峡再到渝州，自己虽然怀着对家乡的眷恋，但是要建功立业的豪情可见。全诗仅有四句，却写出了从峨眉山经平羌江、清溪、三峡直至渝州的经历，俨然一幅蜀江千里旅行图。除了“峨眉山月”四字而无过多写景，除了“思君”二字而无过多抒情，但是景色之美、情感之深又让读者感同身受，时空随心所欲的转换，想象力的肆意驰骋也只有诗仙李白能够做得到。

背景

开元十二年（724）秋天，李白离开蜀地的时候写下了这首诗。

名家点评

〔明〕高棅：且不问太白如何，只此诗谁复能知？(《批点唐诗正声》)

〔明〕凌宏宪：如此等神韵，岂他人所能效颦（首二句下）？(《唐诗广选》)

〔明〕王世贞：此是太白佳境，然二十八字中，有峨眉山、平羌江、清溪、三峡、渝州，使后人为之，不胜痕迹矣。益见此老炉锤之妙。(《艺苑卮言》)

霜落荆门江树空，布帆无恙挂秋风

秋下荆门

唐·李白

霜落荆门江树空，布帆无恙挂秋风。
此行不为鲈鱼鲙，自爱名山入剡中。

注释

荆门：山名。

空：指树枝叶落已尽。

剡中：指今浙江省嵊州市一带。

简析

这首诗在艺术表现上体现出了李白七言绝句的特点。全诗仅仅四句，但是包含了写景、叙事、议论，集中地抒发了诗人年轻时伟大的政治抱负和仗剑去国的人生追求。全诗连用了两个典故，“布帆无恙”取自《晋书·顾恺之传》，当时顾恺之从上司殷仲堪那里借到了布帆，驶船回家，行至中途的时候遇到大风，后来写信给上司说“行人安稳，布帆无恙”，以此来表示旅途平安。而“鲈鱼鲙”则出《世说新语》，当时张翰在洛阳做官时，见秋风起，想到家乡菰菜、鲈鱼鲙的美味，遂辞官回乡。诗人虽然使用了张翰的典故，但是和张翰表达的感情却完全不同，李白初出蜀地写此诗，以为自己的政治抱负和人生理想都能够得到实现，所以写的虽是秋景但是表达的是喜悦之情，用的是思乡的典故，却展示的是人生抱负。

背景

唐玄宗开元十三年（725），李白在楚地漫游，这首诗写于他离开荆门之时。

名家点评

〔清〕宋顾乐：清景幽情，自然深出，若着一点俗思，作不得亦读不得。此等句点拨入神，笔端真有造化。（《唐人万首绝句选评》）

〔南宋〕严沧浪：后半自清胜，然“思鲈鱼”是晋人偏趣，翻作“爱山”是唐人，便痴。翼云云：“霜落”则叶空矣，先写秋意。次句以题中“下”字意承。“此行”便紧接上文作转，以“张翰见秋风起，思吴中莼鲈”事开一笔。剡县隶会稽，多佳山水，“自”字合上“不为”二字。（《李太白诗醇》）

阴生古苔绿，色染秋烟碧

南轩松

唐·李白

南轩有孤松，柯叶自绵幂。
清风无闲时，潇洒终日夕。
阴生古苔绿，色染秋烟碧。
何当凌云霄，直上数千尺。

注释

南轩：当南的窗外。

柯叶：枝叶。

绵幂：密密层层的样子，枝叶稠密而相覆之意。

何当：犹言何日、何时。

凌云霄：直上云霄。

简析

这首诗写了松树的高贵品格，一、二句“南轩有孤松，柯叶自绵幂”铺陈叙事，写出一棵孤独的松树生长的地点，然而枝叶延绵，展示出松树的苍劲，三、四句“清风无闲时，潇洒终日夕”写了松树在风中更是挺拔，即使在夕阳之中还是那么潇洒。“阴生古苔绿，色染秋烟碧”通过写松树生长环境的恶劣来从侧面衬托松树的高大苍翠。上面六句，主要描绘出诗人看到的孤松的景色，这棵松树枝叶繁茂，潇洒自得。全诗最后两句“何当凌云霄，直上数千尺”则有“一鸣惊人”的意思，诗人借助松树来表达个人意愿，体现出诗人自己心怀凌云壮志，渴望建功立业的感情，属于典型的咏物抒情。

背景

这首诗写于开元十五年（727），通过描写松树的品格来表现诗人的内心情绪。

登舟望秋月，空忆谢将军

夜泊牛渚怀古

唐·李白

牛渚西江夜，青天无片云。
登舟望秋月，空忆谢将军。
余亦能高咏，斯人不可闻。
明朝挂帆席，枫叶落纷纷。

注释

牛渚：山名，在今安徽省当涂县西北。

西江：从南京以西到江西境内的一段长江，古代称西江。

谢将军：东晋谢尚。

高咏：谢尚赏月时，曾闻诗人袁宏在船中高咏，大加赞赏。

斯人：此人，指谢尚。

挂帆席：扬帆驶船。一作“洞庭去”。

简析

这首诗的内容简单，但是韵味深远。开篇前两句“牛渚西江夜，青天无片云”写出夜泊牛渚江边，抬头望去天空清澈没有一片云彩，营造出一幅怡人的夜晚景色。后边四句“登舟望秋月，空忆谢将军。余亦能高咏，斯人不可闻”从现实到怀古，又从怀古回到现实。这里的古人指的是“谢将军”谢尚，谢尚是东晋人，做镇西将军的时候曾经镇守牛渚，他秋夜泛舟赏月的时候碰到袁宏吟诵自己的作品《咏史》诗，因为袁宏诗作音辞俱佳，所以得到谢尚的称赞，袁宏因此名扬天下。这隐隐地抒发了李白知音难求的心声。最后“明朝挂帆席，枫叶落纷纷”又从写景中荡漾开去，直接抒发自己难遇知音的寂寞。全诗写景疏朗有致，写情含蓄不露，体现出了李白五言诗歌自然明丽的特色。

背景

这首诗大多数学者认为作于开元十五年（727）秋，当时李白的名声尚未传开。

名家点评

〔清〕黄叔灿：不粘不脱，历落情深。(《唐诗笺注》)

〔清〕李瑛：通首单行，一气旋折，有神无迹。(《诗法易简录》)

举头千古，独往独来，此为佳作，一清如水，无迹可寻。(《精选五七言律耐吟集》)

涉江玩秋水，爱此红蕖鲜

折荷有赠

唐·李白

涉江玩秋水，爱此红蕖鲜。
攀荷弄其珠，荡漾不成圆。
佳人彩云里，欲赠隔远天。
相思无因见，怅望凉风前。

注释

涉：本义是步行渡水，这里有泛舟游历之意。

红蕖：荷花盛开的样子。

弄：有把玩、欣赏之意。

荡漾：水波微动。

远天：遥远的天宇，说明空间距离之远。

简析

这首诗具有非常强烈的拟古风味，诗歌开头两句“涉江玩秋水，爱此红蕖鲜”点明了时间是在秋季，地点是在江边，从而写出了秋高气爽的感觉，为全诗奠定了情感基调。而后“攀荷弄其珠，荡漾不成圆”这两句诗暗示出了主人公的内心活动，这和《西洲曲》中“低头弄莲子，莲子清如水”颇为相似。“佳人彩云里，欲赠隔远天”则表现了女子对远方情人思念却又无可奈何的情感。全诗最后二句“相思无因见，怅望凉风前”是进一步抒发主人公的相思之苦与惆怅无奈。这首诗以一位女子的口吻展示了相思之情，而实际上暗含了李白个人理想不能实现的惆怅和无奈。古人经常用女性的口吻来写诗，我们在欣赏的时候可以结合诗人当时的境遇进行理解。

背景

唐玄宗开元十七年（729），李白29岁时和许氏夫人居住在安陆（今属湖北）的时候创作了这首诗。

名家点评

〔清〕萧士赟：喻贤者慕君，始得位而害之者至，欲有献而为谗所间也。辞微意显，怨而不诽。(《唐宋诗醇》)

〔南宋〕严云：只须起四句，成古乐府。(《李太白诗醇》)

霜威出塞早，云色渡河秋

太原早秋

唐 · 李白

岁落众芳歇，时当大火流。
霜威出塞早，云色渡河秋。
梦绕边城月，心飞故国楼。
思归若汾水，无日不悠悠。

注释

岁落：光阴逝去。

众芳歇：花草已凋零。

大火：星名，二十八宿之一，即心宿。

塞：关塞，指长城。

故国：家乡。当时李白家在湖北安陆。

简析

这首诗写了太原早秋的景象。首联“岁落众芳歇，时当大火流”说秋天的时候大自然中的花草树木已经凋零了。本联中的“大火流”好似《诗经·七月》中所说“七月流火”，并不是说天气热，而是指大火星开始下沉，古人观天象发现这个天文现象出现之后天气逐渐转凉，所以表示秋天的到来。颔联中“霜威出塞早，云色渡河秋”两句展现了当时太原的自然气候。其实这个时候，诗歌已经在诗句中将内容与题目密切地结合起来了。第三联诗人从对景色的描述上转到了自己对家乡亲人的思念。最后两句“思归若汾水，无日不悠悠”，用水来比喻自己的感情，进一步强调自己的“思归”之情。这个时候的李白因为政治抱负得不到施展所以心绪并不高，但是格调却很高，并且隐隐显示出边塞诗的雄健。

背景

唐玄宗开元二十三年（735）秋天，李白应好朋友元演的邀请来到太原施展自己的政治抱负，但是却没有机会，在有怀归之心时写下了这首诗。

名家点评

〔明〕凌宏宪：只是一个直捷（末二句下）。(《唐诗广选》)

〔清〕高步瀛：格调高逸。(《唐宋诗举要》)

【日】近藤元粹：严沧浪曰：“出塞”字，更用得好。(《李太白诗醇》)

白酒新熟山中归，黄鸡啄黍秋正肥

南陵别儿童入京

唐·李白

白酒新熟山中归，黄鸡啄黍秋正肥。
呼童烹鸡酌白酒，儿女嬉笑牵人衣。
高歌取醉欲自慰，起舞落日争光辉。
游说万乘苦不早，著鞭跨马涉远道。
会稽愚妇轻买臣，余亦辞家西入秦。
仰天大笑出门去，我辈岂是蓬蒿人。

注释

南陵：一说在东鲁，曲阜县南有陵城村，人称南陵；一说在今安徽省南陵县。

起舞落日争光辉：指人逢喜事光彩焕发，与日光相辉映。

西入秦：即从南陵动身西行到长安去。

蓬蒿人：草野之人，也就是没有当官的人。

简析

这首诗是一首歌行体诗作，是研究李白的学者非常重视的一首诗，因为诗歌描述了李白人生的一件大事。诗歌的前两句非常平实自然地写出了丰收景象，这也衬托了诗人的情绪。二、三句着重写了几个事物，只是为了进一步渲染其心情，这种高兴的心情已经感染了家人，所以才有“儿女嬉笑牵人衣”一句。继而诗人一边高歌一边饮酒，内心希望能够“起舞落日争光辉”。然而，作者并没有将这种喜悦的情感一成不变地写下去，所以后面“苦不早”反衬了自己的复杂心情，恨不得自己能够早早地见到皇上以实现自己的人生理想。诗人进一步联想到朱买臣，发出了“会稽愚妇轻买臣，余亦辞家西入秦”的感慨，同时把当年轻视自己的人比作了“愚妇”，自己则“仰天大笑出门去”，诗人的扬扬自得跃然纸上，“我辈岂是蓬蒿人”更是展示了李白踌躇满志的自负心理。这首诗，李白由表及里，层层推进，真挚而又活灵活现地表达了自己的情感。

背景

天宝元年（742），李白得到了唐玄宗召他入京的诏书，他异常兴奋，回家中与儿女告别的时候写下了这首诗。

名家点评

〔明〕高棅：刘云：草草一语，倾倒至尽。起四句，说得还山之乐，磊落不辛苦，而情实畅然，不可胜道。(《唐诗品汇》)

【日】近藤元粹《李太白诗醇》：淡淡有致。

塞虏乘秋下，天兵出汉家

塞下曲六首（其五）

唐·李白

塞虏乘秋下，天兵出汉家。
将军分虎竹，战士卧龙沙。
边月随弓影，胡霜拂剑花。
玉关殊未入，少妇莫长嗟。

注释

虎竹：兵符。

龙沙：在这里指塞外沙漠地带。

剑花：剑刃表面的冰裂纹。

殊：远。

嗟：感叹。

简析

这首诗的首联两句“塞虏乘秋下，天兵出汉家”指出了战争的性质，说秋天丰收的时候，北方的胡人又侵扰大唐，于是天子派兵讨伐，这里诗人对当时北方少数民族的入侵持有轻蔑、贬斥的态度，大唐的军队则堂堂正正地出击对方，所以叫做“天兵”，明确地表现出了诗人爱憎分明。颔联“将军分虎竹，战士卧龙沙”两句是说将领接到征战的诏令，而军队也已经到达了战场。天朝的军队上下同心，同仇敌忾。颈联“边月随弓影，胡霜拂剑花”，描写了边塞风光和战斗中的生活，诗中弓与月的形状相似，剑与霜的颜色相同，在景物描写中将艰苦的军旅生活衬托得轻松、愉快。尾联“玉关殊未入，少妇莫长嗟”则抒发了必胜信念，全诗达到了高潮。

背景

唐玄宗天宝元年（742），李白第一次进到长安城，胸怀政治抱负，第二年作了一组诗，这是其中的一首。

名家点评

〔明〕邢昉：以太白之才咏关塞，而悠悠闲澹如此，诗所以贵淘炼也。(《唐风定》)

〔清〕沈德潜：只“弓如月”“剑如霜”耳，笔端点染，遂成奇彩。结意亦复深婉。(《唐诗别裁》)

〔清〕萧士赟：高调入云，于声律中行俊逸之气，自非初唐可及。(《唐宋诗醇》)

秋水明落日，流光灭远山

杜陵绝句

唐·李白

南陵杜陵上，北望五陵间。
秋水明落日，流光灭远山。

注释

杜陵：在今陕西省西安市东南。

秋水：秋天的河水。

流光：流动的光彩或光线。

简析

这首诗的第一句“南陵杜陵上”中的“南”字首先告诉我们作者所处的地理位置，而“北望五陵间”则刻画出了作者眼底的风光，两句“南”“北”呼应，引出下面句子中的风景描写。这里的“五陵”指长陵、安陵、阳陵、茂陵、平陵，分别安葬了汉高祖、汉惠帝、汉景帝、汉武帝和汉昭帝，后来就用“五陵”来代指豪门贵族或者豪门贵族聚集之所。第三句“秋水明落日”中的“秋”字又告诉我们诗歌的创作时间，说明当时秋水映衬得落日余晖更加明亮。但是“流光灭远山”，太阳本身的余晖却因为远山的遮掩，于是慢慢地消失了。这两句是李白遭受朝中他人排挤之时的无限感慨，颇有“夕阳无限好，只是近黄昏”之感。

背景

唐玄宗天宝二年(743)，李白遭受政治上的排挤，产生了隐居之心，故作此诗。

名家点评

【日】近藤元粹：严沧浪曰：此景从无人拈出（“秋水”二句下）。(《李太白诗醇》)

城边有古树，日夕连秋声

沙丘城下寄杜甫

唐·李白

我来竟何事？高卧沙丘城。
城边有古树，日夕连秋声。
鲁酒不可醉，齐歌空复情。
思君若汶水，浩荡寄南征。

注释

沙丘：指唐代兖州治城瑕丘。

来：将来，引申为某一时间以后，这里意指自从你走了以后。

竟：究竟，终究。

高卧：高枕而卧，这里指闲居。

秋声：秋风吹动草木之声。

空复情：徒有情意。

汶水：鲁地河流名。

南征：南行，指代往南而去的杜甫。也有人认为南征指南流之水。

简析

这首诗主要抒发了送别友人之后无法排遣的“思君”之情。“我来竟何事？”是诗人自己对自己的询问，从而造成悬念，读者会跟随着这样带有自责意味的询问读下去。“高卧沙丘城”一句既描写了现在的生活，也回应了上边的问题。紧跟着的三、四句“城边有古树，日夕连秋声”描写了景物，此时此地只有城边的老树在秋风中发出瑟瑟的声音。此情此景中酒不能消愁，歌也不能消愁。诗的前六句中并没有出现一个“思”字，也没有出现一个“君”字，直到最后两句，才豁然开朗，表达出作者思念朋友的情感。前六句的所有描写都是为了最后两句“思君若汶水，浩荡寄南征”的情感抒发，这样的构思能从各个角度、各种感受展示日常生活中透露出来的诗味。

背景

李白离开长安，漫游途中碰到杜甫，唐玄宗天宝四载（745）秋，两人分手，杜甫西去长安。李白因怀念杜甫，写下此诗。

名家点评

〔明〕高棅：散淡有深情。(《批点唐诗正声》)

〔明〕钟惺、谭元春：钟云：“连”字下得奇（“日夕”句下）。钟云：一片真气，自是李白寄杜甫之作，工拙不必论也。

(《唐诗归》)

〔清〕沈德潜：沙丘在莱州，汶水出沂水，在青州，境地相接，故欲因水以寄情也。(《唐诗别裁》)

不觉碧山暮，秋云暗几重

听蜀僧濬弹琴

唐·李白

蜀僧抱绿绮，西下峨眉峰。
为我一挥手，如听万壑松。
客心洗流水，馀响入霜钟。
不觉碧山暮，秋云暗几重。

注释

蜀僧濬：即蜀地一位名叫濬的僧人。

绿绮：琴名。

一：助词，用以加强语气。

挥手：这里指弹琴。

万壑松：形容琴声如无数山谷中的松涛声。

客：诗人自谓。

馀响：指琴声余音。

霜钟：指钟声。

暗几重：意即更加昏暗了。

简析

这首诗描绘了诗人听蜀地一位法名叫濬的和尚弹琴的事。首联“蜀僧抱绿绮，西下峨眉峰”交代了琴师的来历，说蜀地的僧人抱着名琴从峨眉而来。颔联“为我一挥手，如听万壑松”两句是对琴师的正面描写，其中“为我”表明了琴师与作者的友情。“挥手”则具体写弹琴动作，这两句表现出琴声的铿锵有力。颈联“客心洗流水，馀响入霜钟”写诗人听琴的感受，上句运用了《列子·汤问》中俞伯牙、钟子期“高山流水遇知音”的典故，下句的“馀响入霜钟”出于《山海经》，这也是用典，颇有“馀音绕梁，三日不绝”之感。尾联“不觉碧山暮，秋云暗几重”两句则写诗人听完琴声，发现不知何时天色已晚，这就从表现时间过得极快，侧面说明琴师技艺高超。

背景

这首诗是唐玄宗天宝十二载（753）李白在宣城（今属安徽）期间听蜀地僧人弹琴所作。

名家点评

〔清〕宋宗元：逸韵铿然，是能得弦外之音者。(《网师园唐诗笺》)

〔清〕高步瀛：一气挥洒，中有凝炼之笔，便不流入轻滑。(《唐宋诗举要》)

人烟寒橘柚，秋色老梧桐

秋登宣城谢朓北楼

唐·李白

江城如画里，山晚望晴空。
两水夹明镜，双桥落彩虹。
人烟寒橘柚，秋色老梧桐。
谁念北楼上，临风怀谢公？

注释

江城：泛指水边的城，这里指宣城。

山：指陵阳山，在宣城。

双桥：指横跨溪水的上、下两桥。

人烟：人家里的炊烟。

北楼：即谢朓楼。

谢公：谢朓，魏晋时期著名诗人。

简析

谢朓北楼就是谢朓楼，又名谢公楼。谢朓是南朝萧梁期间的诗人，被称为当时出色的诗人，和之前的谢灵运分别称为大谢、小谢，李白对其十分推崇，曾经在《宣州谢朓楼饯别校书叔云》中写“蓬莱文章建安骨，中间小谢又清发”，用小谢来自比，这首诗是他登临谢朓楼所作。开头两句“江城如画里，山晚望晴空”，诗人写出了他登上谢朓楼所见的景色，将读者引入到自己诗歌的意境中。中间四句非常有层次地具体写出所见景色，其中三、四句“两水夹明镜，双桥落彩虹”是写江城如画，五、六句“人烟寒橘柚，秋色老梧桐”又展示出“山晚晴空”。结尾两句“谁念北楼上，临风怀谢公”，从表面看好像只是为了和一、二句相呼应，实际上是在慨叹自己“临风怀谢公”的心情。

背景

唐玄宗天宝十二载（753）与天宝十三载（754）的秋天，李白两度来到宣城，此诗当作于其中一年的中秋节后。

名家点评

〔明〕王元美：太白“人烟”二语，黄鲁直更之曰：“人家围橘柚，秋色老梧桐。”只易两字，而丑态毕具，直点金作铁手耳。句法（“山晚”句下）。(《唐诗广选》)

〔南宋〕严沧浪：五、六入画品中，极平淡，极绚烂。岂必王摩诘？(《李太白诗醇》)

秋浦长似秋，萧条使人愁

秋浦歌十七首（其一）

唐・李白

秋浦长似秋，萧条使人愁。
客愁不可度，行上东大楼。
正西望长安，下见江水流。
寄言向江水，汝意忆侬不。
遥传一掬泪，为我达扬州。

注释

秋浦：唐时属池州郡，在今安徽省池州市贵池区西。

简析

李白离开长安已经十年了，这期间他遍游大江南北，在幽蓟地区，亲眼看到安禄山的势力坐大，于是怀着悲愤之情再次来到秋浦，写下了17首《秋浦歌》，这第一首是其中最长的一首。“秋浦长似秋”是说秋浦这个地方好像永远都是秋天，这是为了说明“萧条使人愁”。紧接着的三、四句“客愁不可度，行上东大楼”承继上边详细写一个“愁”字，而“正西望长安，下见江水流”中一个“望”字又凝聚了诗人对祖国深沉的爱。最后面四句诗人“寄言向江水，汝意忆侬不。遥传一掬泪，为我达扬州”对着江水诉说，因为扬州是去长安的必经之路，所以这首诗道尽了作者的思诺思，他是多么希望自己的一片赤子之心能够顺着江水传达到长安城啊。

背景

天宝十三年（754）李白第二次游秋浦的时候创作了一组17首诗，这首诗是其中的第一首。

名家点评

〔南宋〕刘克庄：《秋浦》十五首云：“秋浦长似秋，萧条使人愁……”又云：“秋浦锦驼鸟，人间天上稀。山鸡羞绿水，不敢照毛衣。”又云：“山川如剡县，风日似长沙。”又云：“两鬓入秋浦，一朝飒已衰。猿声催白发，长短尽成丝。”虽五古，然多佳句。(《后村诗话》)

愁作秋浦客，强看秋浦花

秋浦歌十七首（其六）

唐 · 李白

愁作秋浦客，强看秋浦花。
山川如剡县，风日似长沙。

简析

《秋浦歌》是李白的优秀组诗，第六首诗依然谈“愁”，全诗以“愁”字起，写自己愁的是作秋浦之客，在这里强看秋浦之花。后边两句“山川如剡县，风日似长沙”用比喻的方式写出秋浦的山川之美就如浙江的剡县，风光之美又似长沙一带的潇湘。这首诗看似写景，实则情真意切不离“愁”字，展现出诗人在看到安禄山势力坐大之后对现实的一种深刻认识，李白面对着即将爆发的战乱无能为力，这种苦闷难以排解，所以观赏秋色的时候也只能强打精神，诗人的低落情绪可见一斑。李白忧国忧民，即使自己被赐金还乡，但是依然有报国之心，他从幽州游历之后再进长安，想要拜见玄宗以说安禄山在北方的情况，但是官门似海，李白终究没有实现自己的抱负。

背景

天宝十三年（754）李白第二次游秋浦的时候创作了一组17首诗，这首诗是其中的第六首。

名家点评

〔明〕唐汝询：不言怀抱而言风日，正见诗人托兴深微处。（《唐诗解》）

不知明镜里，何处得秋霜

秋浦歌十七首（十五）

唐·李白

白发三千丈，缘愁似个长。
不知明镜里，何处得秋霜。

注释

个：如此，这般。

秋霜：形容头发白如秋霜。

简析

这首诗是李白《秋浦歌》组诗中流传最广的一首，诗人写这首诗的时候已经50多岁了，其人生理想依然未遂，想来伤怀。开头的一句“白发三千丈”力拔山兮，李白汪洋恣肆的夸张展现眼前。“白发三千丈”的说法让人难以理解，但是一接上“缘愁似个长”又让人恍然大悟，当一个人的愁绪过多的时候，恐怕生出长三千丈的白发也不能将这哀愁说清。一般来说，人看到自己华发主要是因为照镜，于是诗人在后边自然写道：“不知明镜里，何处得秋霜！”这里又使用借代手法，用秋霜来代指白发。这最后一句中的“得”字使用极为巧妙，将其与诗人一生政治抱负不得伸张，在朝中为官却受人排挤，郁郁不得志的情况相结合，就知道诗人因愁而生白发的亲身经历是何其伤人了。

背景

天宝十三年（754）李白第二次游秋浦的时候创作了一组17首诗，这首诗是其中的第十五首。

名家点评

〔清〕吴烻：兴到语绝，有神韵。(《唐诗直解》)

〔明〕唐汝询：托兴深微，当求之意象之外。(《唐诗解》)

〔明〕胡震亨：古人云“发短心长”，此却缘心长，发为俱长。(《李杜诗通》)

今日云景好，水绿秋山明

九日

唐·李白

今日云景好，水绿秋山明。
携壶酌流霞，搴菊泛寒荣。
地远松石古，风扬弦管清。
窥觞照欢颜，独笑还自倾。
落帽醉山月，空歌怀友生。

注释

九日：农历九月九日重阳节。

流霞：美酒名。

搴：采取。

寒荣：寒冷天气开放的花，指菊花。

觞：古时的酒杯。

简析

重阳节是我国的传统节日，有登高的习俗。这首诗一、二句“今日云景好，水绿秋山明”写出了秋日的天空一碧如洗，一朵朵的白云飘浮其中，在这样的天气中可以看见层峦叠嶂，松柏挺立，江水奔流，水色山光美丽无比。三、四句“携壶酌流霞，搴菊泛寒荣”写重阳之日诗人带着酒登高，一边赏美景，一边畅饮菊花酒。后边四句“地远松石古，风扬弦管清。窥觞照欢颜，独笑还自倾”写了诗人的见闻，并抒发了他的感受。尤其“还自倾”三个字表现了诗人重阳登高饮酒的悠然自乐。最后两句“落帽醉山月，空歌怀友生”诗人进入了抒情，从眼前的美景想到自己的孤独，那种怀才不遇的感慨油然而生，然而李白之所以是李白，是因为他不会被现实打垮，即便是孤独抑郁，依然不能压制他怡情自然的心情。

背景

这首诗是李白于唐肃宗至德元年（756）重阳节在庐山登高饮酒时所作，表达自己怀才不遇的同时也表达了他怡情自然的心情。

名家点评

〔当代〕李月辉：“全诗朴素清新，雄浑奔放，挥洒自如，具有浓烈的感情色彩。”(《名画唐诗佳句欣赏》)

〔当代〕邵愈强：“诗人通过描写自己登高独酌的自娱自乐表达了自己怀才不遇壮志难酬的心情。”(《中国节令诗歌选》)

南湖秋水夜无烟，耐可乘流直上天

游洞庭湖五首·其二

唐 · 李白

南湖秋水夜无烟，耐可乘流直上天。
且就洞庭赊月色，将船买酒白云边。

注释

耐可：哪可，怎么能够。

赊：赊欠。

简析

这首诗的第一句“南湖秋水夜无烟”写出了诗人等三人是在秋天游览的洞庭湖，句子看似平淡无奇，实际上写出了夜晚的洞庭湖与白天不同的美丽景色。在秋夜怎能看见湖上有没有烟呢？诗人偏偏如此一笔，不仅仅是他观察仔细，更是对月夜澄清明净的侧面描写。面对如此美景，诗人紧接着发出了感慨“耐可乘流直上天”，怎么能够乘着湖水登上天呢？后边两句“且就洞庭赊月色，将船买酒白云边”是说既然我们不能抛却人世间的烦恼，那就向洞庭湖赊来一些月色，痛快地赏月喝酒好了。李白曾在《襄阳歌》中写“清风朗月不用一钱买”，那么如何去占有这美妙的风景呢？那就“赊”来一些好了，诗人大胆的想象和真正的超脱的性格自然而然地展现到了我们面前。

背景

肃宗乾元二年（759）秋，李白和李晔、贾至三人相约一起在洞庭湖游览，李白写下一组七绝，这是其中的一首。

名家点评

〔明〕谢榛："以兴为主，浑然成篇，此诗之入化也。"

海上碧云断，单于秋色来

秋思

唐·李白

燕支黄叶落，妾望自登台。
海上碧云断，单于秋色来。
胡兵沙塞合，汉使玉关回。
征客无归日，空悲蕙草摧。

注释

燕支：山名。

海上：指北地的大湖大池。

单于：匈奴天子，此处指匈奴单于的领地。

蕙草摧：花草衰败。

简析

这首诗的前四句“燕支黄叶落，妾望自登台。海上碧云断，单于秋色来”写一个女子想象的少数民族地区秋天的景色，所以是从思念丈夫开始写的。其中燕支、白登、海上、单于等词语展示了写的地点——北方少数民族地区，黄叶落、碧云断、秋色来等则进一步描写秋色。下四句“胡兵沙塞合，汉使玉关回。征客无归日，空悲蕙草摧”则写双方交战，使节往来，可是自己的丈夫却没有回到家中。时光如流水，花草一年年的兴盛又衰败，此时自己的青春也随之飞逝，所以伤心欲绝。古人常常以花之凋零暗示时光易逝，红颜易老，这首诗中的“蕙草摧”一语双关，既悲伤秋天的时节，也哀愁自己红颜老去，女子在这样的等待中无比忧伤。

背景

本诗创作时间不可考，主要是抒发时间易逝青春易老的感慨。

名家点评

神藻飞动，乃所谓龙跃天门，虎卧凤阙也。以此及“塞虏乘秋下”相比拟，则知五言近体正闰之分。

渌水明秋月，南湖采白蘋

渌水曲

唐·李白

渌水明秋月，南湖采白蘋。
荷花娇欲语，愁杀荡舟人。

注释

渌水曲：古乐府曲名。渌水：即绿水，清澈的水。

明秋月：在秋夜的月亮下发光。月：一作“日”。

南湖：即洞庭湖。

白蘋：一种水生植物。

欲语：好像要说话。

简析

古人往往伤春悲秋，在秋风萧瑟中感怀万分，李白却反其道而行，这首诗写的虽然是秋天的景色，但是更胜春光。诗人先写农家劳作的环境、时间、地点和劳作内容，“渌水明秋月，南湖采白蘋”说明这里的环境优美，风光无限，在一个秋天的夜晚，女子在南湖这个地方采白蘋。三、四句构思更加精巧，尤其是“荷花娇欲语”这一句，巧妙地运用了比喻、拟人的修辞手法，荷花好像是清秀妩媚的女子，“欲语”二字更加传神，说明了花苞正欲绽开，花瓣将要张口时的景象。但是这样的美景却让诗人发了愁，顺口一句“愁杀荡舟人”作结，诗人的情怀和眼前的景物有机地连接在一起，表现了诗人愉悦的情绪。

背景

此诗写作的年代现在很难考证，主要描写了劳作之事。

名家点评

〔清〕黄叔灿：“愁杀”两字，反复读之，通首俱摄入矣。(《唐诗笺注》)

〔清〕马位：少陵“春去春来洞庭阔，白蘋愁杀白头人”、太白“荷花娇欲语，愁杀荡舟人”，风神摇漾，一语百情。李、杜洵敌手也。(《秋窗随笔》)

秋风吹不尽，总是玉关情

子夜吴歌·秋歌

唐·李白

长安一片月，万户捣衣声。
秋风吹不尽，总是玉关情。
何日平胡虏，良人罢远征。

注释

捣衣：把衣料放在石砧上用棒槌捶击，使衣料绵软以便裁缝；将洗过头次的脏衣放在石板上捶击，去浑水，再清洗。

玉关：玉门关，故址在今甘肃省敦煌县西北，此处代指戍边之地。

良人：古时妇女对丈夫的称呼。

罢：结束。

简析

这首诗是李白沿用乐府旧题创作的诗歌，写了戍守边疆的战士的妻子在秋天的夜晚怀念远征边陲的良人。“长安一片月，万户捣衣声”化用张若虚《春江花月夜》中“玉户帘中卷不去，捣衣砧上拂还来”的诗意，说长安城上月亮如水，千家万户都传来了捣衣之声。这是在家的女眷给在外的丈夫张罗秋冬的衣服。“秋风吹不尽，总是玉关情”是说秋风瑟瑟绵长，可是女子们对在玉门关外征战的家人的相思之情也绵长不断。最后两句“何日平胡虏，良人罢远征”表达了女子希望能够结束战争，只有这样丈夫才能免征战早日回家的美好愿望。诗中并没有直接写夫妻之间的爱情，却又渗透着妻子对丈夫的深情厚谊。全诗情真意切，颇有边塞诗的风韵。

背景

这首诗的创作时间难以考证。

名家点评

〔明〕钟惺、谭元春：“钟云：毕竟是唐绝句妙境，一毫不像晋宋。然求像，则非太白矣。”（《唐诗归》）

〔清〕沈德潜：“不言朝家之黩武，而言胡虏之未平，立言温厚。”（《唐诗别裁》）

〔清〕田同之：“余窃谓删去末二句作绝句，更觉浑含无尽。”（《西圃诗说》）

却下水晶帘，玲珑望秋月

玉阶怨

唐·李白

玉阶生白露，夜久侵罗袜。
却下水晶帘，玲珑望秋月。

注释

玉阶怨：乐府古题，是专写“宫怨”的曲题。

罗袜：丝织的袜子。

却下：回房放下。

水晶帘：即用水晶石穿制成的帘子。

简析

西汉时候班婕妤失宠作了《自悼赋》，其中有“华殿尘兮玉阶苔”之句，后来南朝的谢朓就从这一句诗作了《玉阶怨》。李白的这首诗是拟谢朓诗而作的，所以名字叫“宫怨”。李白的这首诗全诗不需要一个“怨”字，也没有写一个“怨”字就能写得主人公幽怨丛生。诗歌前两句“玉阶生白露，夜久侵罗袜”写女主人公一个人无语地站在玉阶前，因为夜已深沉，所以露水渐浓。她在这里孤苦伶仃，站得时间太久了，久到露水浓重得已经湿透了她的罗袜，然而她却没有离去，依旧痴痴地等待。后两句“却下水晶帘，玲珑望秋月”写秋天的寒气逼人，女主人公不得不回房放下水晶窗帘，即便是这样她依然痴痴地望着月亮。“却下”二字使用传神，不由让我们想到李清照“才下眉头，却上心头”中那无奈的相思之情。

背景

李白写这首诗是拟谢朓诗而作的，展示出幽邃深远之美，然而具体创作年代无法考证。

名家点评

〔明〕高棅：矜丽素净，自是可人。(《唐诗品汇》)

〔明〕高棅：怨而不怨，可入风雅，后之作者多少，无此浑雅。(《批点唐诗正声》)

〔明〕郭云：怨而不怨，浑然风雅。(《增订评注唐诗正声》)

从未有过下帘望月者，不言怨而怨自深。(《唐诗援》)

〔明〕钟惺、谭元钟：是“玉阶怨”，而诗中绝不露怨意，故自佳。(《唐诗归折衷》)

高适

高适（704—765），字达夫，一字仲武，唐代著名边塞诗人，与岑参并称“高岑”，与岑参、王昌龄、王之涣合称“边塞四诗人”。其诗气势磅礴，展现出盛唐时期特有的时代精神。

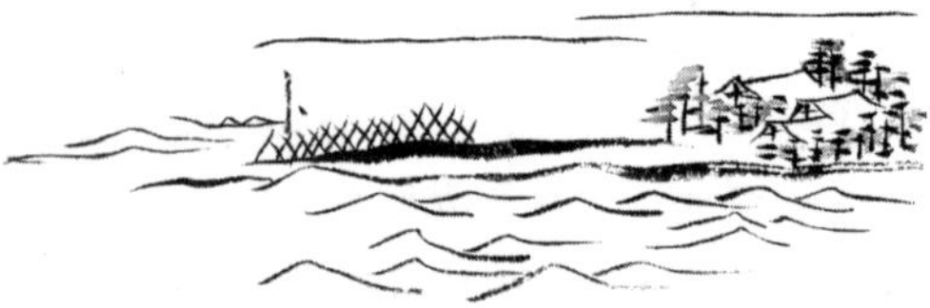

青枫江上秋天远，白帝城边古木疏

送李少府贬峡中王少府贬长沙

唐 · 高适

嗟君此别意何如，驻马衔杯问谪居。
巫峡啼猿数行泪，衡阳归雁几封书。
青枫江上秋天远，白帝城边古木疏。
圣代即今多雨露，暂时分手莫踌躇。

注释

峡中：此指夔州巫山县（今属重庆）。
谪居：贬官的地方。
秋帆：指秋风吹着小舟，送友人远去。

简析

作者面对李、王两位好友遭到贬谪的情况，开篇就用“嗟君此别意何如，驻马衔杯问谪居”表达了自己对他们的叹息。“巫峡啼猿数行泪”再现了“巴东三峡巫峡长，猿鸣三声泪沾裳”的悲哀，想到李少府要到荒原之地，不由流下眼泪。“衡阳归雁几封书”则写出王少府要去的地方是衡阳，传说衡山的回雁峰大雁都至此不过，同时归雁传书又化苏武雁足系书典故，说明路途遥远，书信难通。后边两句“青枫江上秋天远，白帝城边古木疏”话锋一转，又转写两人到了自己上任的地方，先叙述王少府到了长沙看到的美景，再叙述李少府到了夔州看到的名胜，这也许可以扫除两人心中的烦恼。最后一联作者开始抒情，用“圣代即今多雨露，暂时分手莫踌躇”展望未来，是一个很乐观的结局。

背景

这首诗创作年代不能考证，表达了对李、王二人遭到贬谪的愁怨。

名家点评

〔清〕沈德潜：连用四地名，究非律诗所宜。五六浑言之，斯善矣。(《唐诗别裁》)

〔南宋〕方回：中二联从次句生下。何义门：中四句神往形留，直是与之俱去。结句才非世情常语，乃嗟惜之极致也。纪昀：通体清老，结更和平不逼。(《瀛奎律髓汇评》)

〔清〕吴汝纶：起得丰神（首句下）。又曰：分疏有色泽敷佐，便不枯寂（“巫峡啼猿”联下）。又曰：意思沉着。又曰：一气舒卷，复极高华朗曜，盛唐诗极盛之作。(《唐宋诗举要》)

杜甫

杜甫（712—770），字子美，唐代伟大的现实主义诗人，后人称之为“诗圣”，其诗被称为“诗史”。后世称其老杜、杜拾遗、杜工部、杜少陵、杜草堂。他的诗歌沉郁顿挫，内容上忧国忧民，对后世文人的影响很大。

秋来相顾尚飘蓬，未就丹砂愧葛洪

赠李白

唐·杜甫

秋来相顾尚飘蓬，未就丹砂愧葛洪。
痛饮狂歌空度日，飞扬跋扈为谁雄。

注释

相顾：相视，互看。
飘蓬：草本植物，用来比喻人的行踪飘忽不定。
丹砂：即朱砂。道教认为炼砂成药，服之可以延年益寿。
葛洪：东晋道士，自号抱朴子，入罗浮山炼丹。
狂歌：纵情歌咏。

飞扬跋扈：不守常规，狂放不羁。此处作褒义词用。

简析

这首诗是杜甫现存创作最早的一首绝句。诗歌写到“秋来相顾尚飘蓬，未就丹砂愧葛洪”，这看似是在劝慰李白，要像东晋的道士葛洪那样潜心于道家的修炼。后边说“痛饮狂歌空度日，飞扬跋扈为谁雄”是对朋友的进一步规劝，说希望李白不要虚度时光，肆意饮酒，更不要狂放不羁，得罪他人。然而，这并不是杜甫的本意，作为李白的好友，杜甫深知李白生性豁达，藐视权贵，有纵横之术而无法施展抱负，杜甫既赞叹李白的才华，又感慨李白的一生，在这种情况下他创作了这首诗。这是对李白的同情和叹息，但是更充满了愤懑之情。由此推到自己，难道自己不也是这样吗？这首诗的诗意在字里行间流露出来，正是对李白、对自己人生不平的诘问。

背景

天宝三年（744）夏天，李白被赐金还乡漫游东都的时候碰到杜甫，这首诗就写于这个时候。

名家点评

〔南宋〕刘克庄：《赠李白》云：“岂无青精饭，使我颜色好……”公与岑参、高适诗，皆人情世法。与谪仙唱和，皆世外一种说话。（《后村诗话》）

〔明〕王嗣奭：“‘亦有’‘方期’，语不虚下。”（《杜臆》）

〔唐〕李云：雅调亦近太白。太白好学仙，故赠诗亦作出世语；却前八句俱说自己，后方转入李侯，可悟宾主、虚实之法。

鸿雁几时到，江湖秋水多

天末怀李白

唐·杜甫

凉风起天末，君子意如何。
鸿雁几时到，江湖秋水多。
文章憎命达，魑魅喜人过。
应共冤魂语，投诗赠汨罗。

注释

天末：天的尽头。秦州地处边塞，如在天之尽头。

鸿雁：喻指书信。古代有鸿雁传书的说法。

江湖：喻指充满风波的路途。

命：命运，时运。

简析

这首诗被称为古代抒情名作。首句“凉风起天末，君子意如何”一开始就用秋风起兴，直接给全诗奠定了悲愁的基调，然后问李白最近如何，这就是老友的书信，是非常真挚的问候。第二联“鸿雁几时到，江湖秋水多”写到传书的鸿雁，可是江湖秋水多风浪，也不一定就能与友人通信。后边的“文章憎命达，魑魅喜人过”说的是李白被流放夜郎终身不能回来，这都是遭人诬陷。最后一联“应共冤魂语，投诗赠汨罗”使用典故，这里的冤魂说的是屈原，因为屈原被放逐，投汨罗江而死。李白从永王李璘并非谋反而是出于深深的爱国之情，但是也被放逐，这就和屈原一样。所以说李白只能和屈原一起诉说冤屈了。这首诗百转千回，就好像读好朋友的书信，那种发自内心的感触，那种对友人的关怀令人感动。

背景

此诗当作于唐肃宗乾元二年（759）秋，当时杜甫弃官远游，客居在现在的甘肃天水，而李白长流夜郎后逢天下大赦而归。

名家点评

〔清〕浦起龙：太白仙才，公诗起四语，亦便有仙气，竟似太白语。五、六，直隐括《天问》《招魂》两篇。(《读杜心解》)

胸中有千万言说不出，忽有此四十字来。(《精选五七言律耐吟集》)

〔清〕宋宗元："鸿雁"四句，《骚》经之遗。(《网师园唐诗笺》)

戍鼓断人行，秋边一雁声

月夜忆舍弟

唐·杜甫

戍鼓断人行，秋边一雁声。
露从今夜白，月是故乡明。
有弟皆分散，无家问死生。
寄书长不达，况乃未休兵。

注释

舍弟：家弟。

戍鼓：戍楼上用以报时或告警的鼓声。

断人行：指鼓声响起后，就开始宵禁。

秋边：秋天边远的地方，此指秦州。

露：白露。

长：一直，老是。

况乃：何况是。

简析

这首诗的题目中含有“月夜”二字，作者却不从月夜写起，而是“戍鼓断人行，秋边一雁声”，直接描绘出作者秋天所见所闻，这是凄凉的秋景，尤其是“断人行”更加说明了当时不断出现的各种战乱。“露从今夜白，月是故乡明”写出了白露季节的晚上寒意顿生，作者看着天上的明月开始怀念家乡。这是古人秋夜怀思的传统。第三联“有弟皆分散，无家问死生”，作者由望月过渡到抒情，同时和诗题中的“忆舍弟”相连，“有弟皆分散”讲的是兄弟分散各地，“无家问死生”是说家都不存在了，怎么能知道兄弟的生死存亡呢？整个战争中人们的沧桑展露无遗。最后一联“寄书长不达，况乃未休兵”作者进一步抒发内心情感，呈现出杜甫沉郁顿挫的诗歌风格。

背景

这首诗是杜甫在安史之乱爆发四年后唐肃宗乾元二年（759）秋在秦州所作，表达了战争中对兄弟的忧虑和思念。

名家点评

〔南宋〕刘辰翁：浅浅语使人愁。周埏曰：……结联所谓“人稀不到，兵在见何由”也。征战不已，道路阻隔，音书杳莫，存亡难保，伤心断肠之语。令人读不能终篇。

〔清〕周埏、杜臆：只“一雁声”便是忆弟。对明月而忆弟，觉露增其白，但月不如故乡之明，忆在故乡兄弟故也，盖情异而景为之变也。(《唐诗选脉会通评林》)

〔清〕张谦宜：“戍鼓断人行，秋边一雁声。”若作“雁一声”，便浅俗；“一雁声”便沉雄。诗之贵炼，只在字法颠倒间便定。(《茧斋诗谈》)

瞿塘峡口曲江头，万里风烟接素秋

秋兴八首·其六

唐·杜甫

瞿塘峡口曲江头，万里风烟接素秋。
花萼夹城通御气，芙蓉小苑入边愁。
珠帘绣柱围黄鹄，锦缆牙樯起白鸥。
回首可怜歌舞地，秦中自古帝王州。

注释

曲江：在长安之南，名胜之地。

万里风烟：指夔州与长安相隔万里之遥。

素秋：秋尚白，故称素秋。

花萼：即花萼相辉楼，在长安南内兴庆宫西南角。

黄鹄：鸟名，即天鹅。

锦缆：彩丝做的船索。

牙樯：用象牙装饰的桅杆。

秦中：此处借指长安。

帝王州：帝王建都之地。

简析

《秋兴八首》是诗人感慨秋日萧瑟，国家衰败而作，这是其中的第六首。“瞿塘峡口曲江头，万里风烟接素秋”渲染了一种萧瑟、迷茫、冷清的氛围，这足以和下文对万里之外的京城昔日繁盛的描写形成鲜明的对比。而后诗人进入对当年盛世的回忆，极力刻画帝王歌舞游宴之地的繁华景象，尤其“珠帘绣柱围黄鹄，锦缆牙樯起白鸥”一联更是通过写帝王庭院中的飞禽写出了当时的盛景，黄鹄在庭院内高飞，白鸥被游人的舟楫惊得离开水面。这里使用了借代的修辞手法，用“珠帘绣柱”代指行宫别院，用“缆”“樯”借代游船。然而这样的情景也已是过去了，诗人惋惜盛景既过，同时又隐含了对帝王盛世中随意娱乐的情况的斥责。

背景

《秋兴八首》是唐大历元年（766）秋，杜甫在夔州因感秋日凉风萧瑟，而国家战乱频发，所以创作了一组七言律诗。

名家点评

〔明〕王嗣奭：此章直承首章以来，乃结上生下，而仍归宿于故园之思也。(《杜臆》)

〔明〕王夫之：揉碎乱点，掉尾孤行以显之。如万紫乘风，回飙一合。“接素秋”，妙在“素秋”二字止；此之外，不堪回首。(《唐诗评选》)

〔明末清初〕金人瑞：御气用一“通”字，何等融和！边愁用一“入”字。出入意外。先生不尚纤巧，而耀人心目如此(“花萼夹城”二句下)。(《杜诗解》)

怅望千秋一洒泪，萧条异代不同时

咏怀古迹五首（其二）

唐·杜甫

摇落深知宋玉悲，风流儒雅亦吾师。
怅望千秋一洒泪，萧条异代不同时。
江山故宅空文藻，云雨荒台岂梦思。
最是楚宫俱泯灭，舟人指点到今疑。

注释

摇落：凋残，零落。

风流儒雅：指宋玉文采华丽潇洒，学养深厚渊博。

空文藻：斯人已去，只有诗赋留传下来。

楚宫：楚王宫。

简析

这是一首赞颂战国时期楚国辞赋家宋玉的诗篇，宋玉是战国时期楚国人，他是屈原诗歌艺术的直接继承者，有的人甚至认为宋玉就是师从屈原的。宋玉的作品描绘物象十分细腻，情境结合自然，在楚辞、汉赋之间起着沟通前后的桥梁作用，李白曾说“屈宋长逝，无堪与言”。在政治生涯上，宋玉也和屈原一样遭谗被贬,政治理想彻底破灭。杜甫的这首诗，前半部分写到了宋玉文采之高，然而一生怀才不遇，后半部分作者从自己的角度为他鸣不平，幸亏在茫茫人世还有这样的一处宋玉故宅。世人大多知道宋玉的文采，但是却很少人能够理解他的政治抱负，这就如同杜甫本人。诗人触景生情，将对宋玉的认识和自己的身世联系起来，以阐述自己的志向。

背景

杜甫于唐代宗大历元年（766）从夔州出三峡，到江陵游历了很多古迹，于是写下了一组五首咏古迹怀古人，实际感怀自己的作品。这是其中的第二首。

名家点评

〔清〕仇北鳌：(“怅望千秋”一联）二句乃流对。此诗起二句失粘。(《杜诗详注》)

〔清〕钱良择：义山诗“楚天云雨俱堪疑”从此生出。(《唐音审体》)

〔清〕萧士赟、顾宸：李义山诗云：“襄王枕上元无梦，莫枉阳台一段云。”得此诗之旨。(《唐宋诗醇》)

万里悲秋常作客，百年多病独登台

登高

唐·杜甫

风急天高猿啸哀，渚清沙白鸟飞回。
无边落木萧萧下，不尽长江滚滚来。
万里悲秋常作客，百年多病独登台。
艰难苦恨繁霜鬓，潦倒新停浊酒杯。

注释

猿啸哀：指长江三峡中猿猴凄厉的叫声。

渚：水中的小块陆地。

鸟飞回：鸟在急风中飞舞盘旋。

萧萧：风吹落叶的声音。

常作客：长期漂泊他乡。

百年：一生，这里借指晚年。

繁：这里作动词，增多。

潦倒：衰颓，失意。

新停：新近停止。

简析

这首诗是杜甫的名篇，全诗描绘了登高所见的秋江之景，展现出杜甫在长期漂流之后的复杂内心。首联“风急天高猿啸哀，渚清沙白鸟飞回”诗人用“猿啸”展现出夔州当地独特的环境，第二联“无边落木萧萧下，不尽长江滚滚来”集中展示夔州秋天的典型特征。面对着滚滚长江，诗人听到的是风吹落叶的声音，看到的是长江的东逝。这时候诗人无限感慨，时间如流水，稍纵即逝，而自己却已老矣，由此感慨自己的壮志未酬。第三联“万里悲秋常作客，百年多病独登台”终于将“秋”字点出，说自己“常作客”，说自己“独登台”，诗人的漂泊人生和内心的孤独联系在了一起。尾联“艰难苦恨繁霜鬓，潦倒新停浊酒杯”两句，分别承接了第五、六句，并分承五、六两句，自己潦倒零落，国家千疮百孔，真是平添了无限哀愁。该诗前半段写景，后半段抒情，真可谓是杜甫呕心沥血之佳作。

背景

唐代宗大历二年（767）秋天，当时安史之乱虽已结束，但是战乱频仍，杜甫在极端穷困的情况下于夔州作此诗。

名家点评

〔南宋〕杨万里：“词源倒流三峡水，笔阵独扫千人军。”“无边落木萧萧下，不尽长江滚滚来。”前一联蜂腰，后一联鹤膝。(《诚斋诗话》)

〔南宋〕刘克庄：此两联（按指“无边落木”四句）不用故事，自然高妙，在樊川《齐山九日》七言之上。(《后村诗话》)

〔南宋〕方回：此诗已去成都分晓。旧以为在梓州作，恐亦未然。当考公病而止酒在何年也。长江滚滚，必临大江耳。(《瀛奎律髓》)

〔明〕凌宏宪：杨诚斋曰：全以“萧萧”“滚滚”唤起精神，见得连绵，不是装凑赘语。刘会孟曰：三、四句自雄畅，结复郑重。(《唐诗广选》)

〔明〕王世贞：老杜集中，吾甚爱“风急天高”一章，结亦微弱。(《艺苑卮言》)

〔明〕李东阳：“无边落木萧萧下，不尽长江滚滚来。万里悲秋常作客，百年多病独登台。”景是何等景，事是何等事？宋人乃以《九日崔氏蓝天庄》为律师绝唱，何耶？(《麓堂诗话》)

十年蹴踘将雏远，万里秋千习俗同

清明二首（其二）

唐·杜甫

此身飘泊苦西东，右臂偏枯半耳聋。
寂寂系舟双下泪，悠悠伏枕左书空。
十年蹴踘将雏远，万里秋千习俗同。
旅雁上云归紫塞，家人钻火用青枫。
秦城楼阁烟花里，汉主山河锦绣中。
春水春来洞庭阔，白苹愁杀白头翁。

注释

蹴踘：指打球，与荡秋千等都是清明时节游戏。

简析

这首诗虽然写于春季清明之时，但是颇有“悲秋”意味。第一联“此身飘泊苦西东，右臂偏枯半耳聋”写诗人苦于漂泊之中，“右臂偏枯半耳聋”说诗人年老，各种病症不约而至。“寂寂系舟双下泪，悠悠伏枕左书空”写出了诗人的无依无靠，连个叠词形象生动。“十年蹴鞠将雏远，万里秋千习俗同”描述了几种清明时节的游戏，尤其使用了—蹴踘，借以指代战乱，而此时杜甫是在战乱中漂泊，其中艰辛不言而喻。“旅雁上云归紫塞，家人钻火用青枫。秦城楼阁烟花里，汉主山河锦绣中。”这几句是诗人对景物的描写，他写了冬去秋来的形象，想到长安城一定是锦绣一片了，诗人想要回去的急切心情可想而知。最后一联“春水春来洞庭阔，白苹愁杀白头翁”写出滔滔的江水还是隔断了诗人的归路，使得整首诗的情感愁肠万千。

背景

《清明二首》作于大历四年（769）春，此时杜甫已经因为房琯事件被贬，过了十余年的漂泊生活了。

名家点评

〔清〕张惣:孙月峰云：苍郁稳密，当为七言排律第一。(《唐风怀》)

落日心犹壮，秋风病欲疏

江汉

唐·杜甫

江汉思归客，乾坤一腐儒。
片云天共远，永夜月同孤。
落日心犹壮，秋风病欲疏。
古来存老马，不必取长途。

注释

腐儒：本指迂腐而不知变通的读书人，这里是诗人的自称，含有自嘲之意。

落日：比喻自己已是垂暮之年。

病欲疏：病都要好了。

存：留养。

简析

诗人创作此诗的时候已经57岁了，历经了穷困和漂泊，却表现了他老而弥坚的决心。这首诗第一联“江汉思归客，乾坤一腐儒”写了诗人滞留在江汉的困境，这里“思归客”道尽了作者的无奈，他想回乡但是又不能回，只能浪迹天涯，说自己是天下的一介儒生。紧接着说“片云天共远，永夜月同孤”，通过描写景物表达思乡之情。到了第三联“落日心犹壮，秋风病欲疏”两句又展现了自己积极入世的思想，虽然自己历经磨难，但是却壮心不已。最后的尾联诗人写“古来存老马，不必取长途”，这两句杜甫借用了“老马识途”的典故，再进一步表明杜甫身处困境却老当益壮的情怀。这首诗含蓄深情，诗人漂泊已久，那种“烈士暮年，壮心不已”的精神实在令人感动。

背景

这首诗创作于杜甫57岁的时候，此时杜甫历经了磨难，生活越来越困窘，表达了诗人长期漂泊的感慨。

名家点评

〔明〕吴乔：《江汉》诗云：“古来存老马，不必取长途，怨而不怒。”（《围炉诗话》）

〔清〕查慎行：牢落之况，经子美写出，气概亦自高远。（《初白庵诗评》）

严武

严武（726—765），字季鹰，唐代中期诗人，《全唐诗》中录存六首。严武与杜甫的关系极其密切，诗歌往往起承开合，思维跳跃，展现出雄壮的气概，与统帅本色融为一体。

昨夜秋风入汉关，朔云边月满西山

军城早秋

唐·严武

昨夜秋风入汉关，朔云边月满西山。
更催飞将追骄虏，莫遣沙场匹马还。

注释

汉关：汉朝的关塞，这里指唐朝军队驻守的关塞。

朔：北方。

更催：再次催促。

骄虏：指唐朝时入侵的吐蕃军队。

莫遣：不要让。

简析

严武是一名大将，写的这首诗展现出自己的武功才略，表现出了作为一名统帅的大将之才。第一句“昨夜秋风入汉关”看似写景，实际上说明了少数民族向大唐王朝进军，边关吃紧。第二句“朔云边月满西山”说自己作为统帅的反应，他注视着西山方向，看到北边的云掩盖了边关的月，这句展示了暴风雨到来之前的沉默。而后“更催飞将追骄虏，莫遣沙场匹马还”说自己已经做了战略部署，显示出我军势如破竹的气势，也暗含了胜利之意。诗歌一、二句写景，三、四句写自己的战争部署，看似跳跃实际合乎常理。因为战争之中只有知己知彼才能百战百胜，严武作为指挥官在前两句的景物描写中已经暗含了他对形势的把握能力，只有这样他才能带领大军打败吐蕃。

背景

安史之乱以后，吐蕃趁机进攻中原，唐代宗广德二年（764），严武率兵击破吐蕃军，收复了失地。这首诗创作于这次战争之中。

名家点评

〔明〕高棅、桂天祥：风格矫然，唐人塞下诸作为第一。（《批点唐诗正声》）

〔明〕凌宏宪、田子艺：气概雄壮，武将本色。（《唐诗广选》）

〔清〕贺裳：《军城早秋》自写英雄本色耳。严武《寄题杜拾遗锦江野亭》云：“腹中书籍幽时晒。”道得此语出，大非粗材。（《载酒园诗话又编》）

〔清〕沈德潜：英爽与少陵作鲁、卫。(《唐诗别裁》)

〔潜〕李瑛：前二句写早秋，即切定军城；三、四句就军城生意，又不能脱早秋。盖秋高马肥，正骄虏入寇时也。(《诗法易简录》)

〔潜〕宋宗元：绝类高达夫，结更气概雄伟，不掩大将本色。(《唐诗笺要》)

〔清〕施补华：意尽句中矣，而雄健可喜。(《岘佣说诗》)

戴叔伦

戴叔伦（约732—约789），字幼公，唐代诗人。其诗大多表现隐逸生活和闲适情调，也有一些篇目反映了人民生活的疾苦。其诗体裁皆有所涉猎，无论是五言七言、五律七律，还是古体近体，皆有佳作。

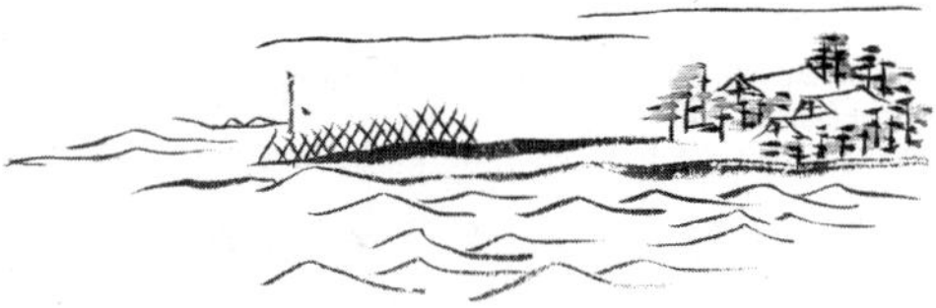

行人无限秋风思，隔水青山似故乡

题稚川山水

唐·戴叔伦

松下茅亭五月凉，汀沙云树晚苍苍。
行人无限秋风思，隔水青山似故乡。

注释

汀沙：指靠近水边的沙洲。

云树：高大的树木。

苍苍：深青色，幽暗。

简析

这首诗是一首典型的在旅途中所作的写景抒情诗。第一句“松下茅亭五月凉”是诗人宦游途中所见，随口吟来就告诉了我们诗人创作的时间是在五月仲夏时分，行人傍晚来到松下茅亭，这个时候能够感受到清幽的阵阵凉爽之意。第二句“汀沙云树晚苍苍”是行人所见，他看到江中陆地上的白沙，看到雨雾之下的绿树，这都显得一片苍茫。古人写景往往为了抒情，所以三、四句“行人无限秋风思，隔水青山似故乡”就抒发了行人突然升起的一种乡情。明明是在五月份所写的诗歌，但是诗人却巧妙地融入了“秋风思”的话，就兴起了一股悲秋之意，将眼前之景和自己的思乡之情极佳地融为一体。这首诗最为精巧的地方在于情感的动态发展，这点为后人所称赞。

背景

这首诗具体的创作时间不可考，是诗人宦游途中所作，表达了作者的思乡之情。

名家点评

〔当代〕周啸天：此诗的妙处不在于它写出一种较为普遍的思乡感情，而在于它写出了这种思想感情独特的发生过程，从而传达出一种特殊的生活况味，耐人涵咏。(《唐诗鉴赏辞典》)

韦应物

韦应物（737—792），中国唐代著名诗人。因出任过苏州刺史，世称“韦苏州”。韦应物的诗歌创作成就很大，是中唐文学艺术成就较高的诗人，其山水田园诗，清丽闲淡，和平之中时露幽愤之情。

淮南秋雨夜，高斋闻雁来

闻雁

唐 · 韦应物

故园眇何处，归思方悠哉。
淮南秋雨夜，高斋闻雁来。

注释

眇：仔细地察看。

方：刚开始。

悠：远。

闻雁：听到北来的雁叫声。

简析

这是一首表达思乡之情的诗歌。前两句“故园眇何处，归思方悠哉”写诗人在秋天的雨夜思归，诗人孤独一人听着窗外淅沥沥的雨声，孤灯、孤影衬托得他更加孤独。诗中一个语气词“哉”更是诗人长长的叹息，这就道尽了无限的忧思。后两句“淮南秋雨夜，高斋闻雁来”写诗人听到了大雁的叫声，这意味着秋天来了，这声音在寂寥悠长的雨夜里将诗人带进了无尽相思的深渊之中。全诗戛然而止，给人一种“此时无声胜有声”的感觉。这首诗的结构布局非常巧妙，婉转含蓄，从“故园”写起，然后才到“淮南”，先说出悠长的思念之情，再用大雁的鸣叫来衬托，所以短短二十个字却句句深入，引人入胜。

背景

唐德宗建中四年（783），韦应物出任滁州（今安徽滁州市）刺史，这首诗是他上任后不久所作。

名家点评

〔明〕凌宏宪、蒋仲舒：更不说愁，愁自不可言。(《唐诗广选》)

〔清〕李瑛：前二句先说归思，后二句点到闻雁便住，不说如何思归，而思归之情弥深。(《诗法易简录》)

〔清〕钱振锽：“淮南秋雨夜，高斋闻雁来”“空山松子落，幽人应未眠”，两诗俱清绝，奇在音调悉同。(《摘星诗说》)

〔近代〕俞陛云：此诗秋宵闻雁，有归去之思。凡客馆秋声，最易感人怀抱。(《诗境浅说续编》)

怀君属秋夜，散步咏凉天

秋夜寄丘二十二员外

唐·韦应物

怀君属秋夜，散步咏凉天。
空山松子落，幽人应未眠。

注释

属：正值，适逢，恰好。

幽人：幽居隐逸的人，悠闲的人。此处指丘员外。

简析

丘二十二名丘丹，是诗人韦应物的好朋友，曾拜尚书郎，后隐居平山，这首诗写的是对好友丘丹的思念之情。此诗的第一句“怀君属秋夜”告诉我们诗歌创作于秋天的夜晚，这也是表达“怀君”之情的重要时刻。第二句“散步咏凉天”中的“凉天”和上一句的“秋夜”相照应，写出了诗人在一个凄凉的秋夜独自吟诵的情景。第三句“空山松子落”还是讲秋景，只是从眼前之景推想平山的秋景。最后一句“幽人应未眠”说明自己之所以在深夜中没有休息，还在散步，是因为思念远方之人啊！诗人从写实景到想象中的虚景，表达了怀思之情。韦应物的五言绝句历来为人们所称颂，这首诗是他五言绝句的绝佳代表。

背景

这首诗是思念隐居的朋友时所作，具体时间不可考。

名家点评

幽情淡景，触处成诗，苏州用意闲妙若此。(《韦孟全集》)

〔明〕凌宏宪：蒋仲舒：浅而远，自是苏州本色。(《唐诗广选》)

〔明〕王夫之：中唐五言绝，苏州最古。寄丘员外作，悠然有盛唐风格。三、四思丘之思己，应念我未眠，妙在含蓄不尽。(《诗绎》)

〔清〕黄生：妙在第三句宛是幽人，故末句脱口而出。(《增订唐诗摘钞》)

李益

李益（约750—约830），字君虞，中唐边塞诗的代表诗人，非常善于创作七言绝句。李益的边塞诗不似盛唐时期作品的豪放，将整体上偏于感伤，主要抒写边地士卒久戍思归的怨望心情。

明日巴陵道，秋山又几重

喜见外弟又言别

唐·李益

十年离乱后，长大一相逢。
问姓惊初见，称名忆旧容。
别来沧海事，语罢暮天钟。
明日巴陵道，秋山又几重。

注释

外弟：表弟。

言别：话别。

十年离乱：在社会大动乱中离别了十年。

一：副词，竟然、忽而。

沧海事：比喻世事的巨大变化，有如沧海变桑田，桑田变沧海那样。

暮天钟：黄昏寺院的鸣钟。

巴陵：即岳州（治今湖南省岳阳市），即诗中外弟将去的地方。

简析

社会动荡，天下战乱的年代，亲人之间的重逢又离别感怀至深。这首诗一开始写“十年离乱后，长大一相逢”，开门见山地告诉我们诗人和表弟重逢的时代背景，然后才正面写二人的重逢。“问姓惊初见，称名忆旧容”是说两人自小分别，再见面只能依稀认出对方，甚至还要询问对方“贵姓”，这里没有直接写战争，却将战争的残酷展露出来。两人阔别已久，今日偶然相遇，还有很多话想说，但是千头万绪又无从说起，沧海桑田令人感慨。诗歌的前六句，从久别重逢，到相互叙旧，可是两人又要说再见了，最后两句作者并没有直接讲述“离别”，但是匆匆相聚又离散的景象已经展现在我们面前了。在社会动乱之中碰到长久未见的亲人，又不得不匆匆离去，这里既有亲人之间最真挚的感情，更展示了动乱给人们带来的巨大伤痛。

背景

唐玄宗天宝十四年（755）爆发安史之乱之后，吐蕃、回纥开始侵扰中原，各地藩镇又有叛乱，此诗创作于上述动乱的社会背景下。

名家点评

〔明末清初〕贺裳：司空文明每作得一联好语，辄力人压占。如“乍见翻疑梦，相悲各问年”，可谓情至之语；李益曰：“问姓惊初见，称名忆旧容”，则情尤深，语尤怆，读之几于泪不能收。(《载酒园诗话又编》)

〔清〕沈德潜：一气旋折，中唐诗中仅见者。(《唐诗别裁》)

〔清〕宋宗元：形容刻至（“问姓”二句下）。(《网师园唐诗笺》)

张籍

张籍（约766—约830），字文昌，中唐时期新乐府运动的积极支持者和推动者，世称“张水部”“张司业”。张籍的乐府诗多是反映当时社会现实的作品。作为韩愈的大弟子，其乐府诗与王建齐名，并称“张王乐府”。

洛阳城里见秋风，欲作家书意万重

秋思

唐·张籍

洛阳城里见秋风，欲作家书意万重。
复恐匆匆说不尽，行人临发又开封。

注释

意万重：极言心思之多。
行人：指捎信的人。
开封：拆开已经封好的家书。

简析

古人使用《秋思》创作的诗篇很多，张籍这首诗明白如话，截取了写家书的生活场景，朴素自然地表现了游子之情。全诗第一句“洛阳城里见秋风”写了“作家书”的原因，只是因为秋风带来了秋的消息，句子平白叙事，并不使用华丽辞藻。第二句“欲作家书意万重”直接告诉我们在这秋风萧瑟的天气中要写一封家书。可是需要写的内容太多了，真不知道如何下笔，因为再多的话也不能道尽自己的情意，因此很自然地说自己是“复恐匆匆说不尽”。当信马上就要寄走了的时候，忽然又想起来还有事没有写上，于是临时加上了一笔，这就需要“临发又开封”了。这首诗最能体现张籍“看似寻常最奇崛，成如容易却艰辛”的创作特点。

背景

张籍客居洛阳的时候，因感怀秋天引发了对家乡和亲人的思念之情，于是创作了此诗。

名家点评

〔北宋〕王安石：看似寻常最奇崛，成如容易却艰辛。(《题张司业诗》)

〔明〕王夫之：七绝之盛境，盛唐诸臣于到此者亦罕，不独乐府古淡，足与盛唐争衡也。(《姜斋诗话》)

〔唐〕韩愈：称张籍诗风“古淡”。(《醉赠张秘书》)

令狐楚

令狐楚（766或768—837），字壳士，自号白云孺子，唐代宰相，著名文学家。令狐楚的诗文俱佳，尤其以古文大家闻名于世，非常擅长创作四六骈文，被誉为庾信之后的古文文宗。

弓背霞明剑照霜，秋风走马出咸阳

少年行四首（其三）

唐·令狐楚

弓背霞明剑照霜，秋风走马出咸阳。
未收天子河湟地，不拟回头望故乡。

注释

河湟地：指河西、陇右之地。

简析

令狐楚曾做到了大唐的宰相，他的文采不容小觑，尤其擅长写绝句。《少年行四首》是一组七言绝句的边塞诗，主要写少年们英勇杀敌的场面，而本首诗是一首爱国诗篇。这首诗先描写后抒情，前两句“弓背霞明剑照霜，秋风走马出咸阳”写的是青年出征杀敌的景象，霞光照耀着弓箭，宝剑流露出寒光，自己在凛冽的秋风中骑马出了咸阳城，这个青年其实恰恰是诗人自己的写照。后两句“未收天子河湟地，不拟回头望故乡”写出了自己前去边关，“不破楼兰终不还”的决心，颇有霍去病“匈奴未灭，何以为家”的豪迈。全诗散发着爱国主义思想，抒发了自己要报效国家的心愿。

背景

这首诗描述了少年勇武杀敌的情形，创作的具体时间不可考。

王建

王建（768—835），字仲初，唐朝诗人，后出为陕州司马，世称王司马，他的乐府、七言歌行以及宫词都有较高的造诣。王建的诗题材广泛，同情百姓疾苦，生活气息浓厚，思想也比较深刻。

今夜月明人尽望，不知秋思落谁家？

十五夜望月寄杜郎中

唐·王建

中庭地白树栖鸦，冷露无声湿桂花。
今夜月明人尽望，不知秋思落谁家？

注释

十五夜：指农历八月十五的晚上，即中秋夜。

中庭：即庭中，庭院中。

地白：指月光照在庭院的样子。

冷露：秋天的露水。

尽：都。

简析

中秋时节是亲友团聚的日子，但是诗人在这天发出了感慨，将我们带到了一个情思绵长的意境之中。诗歌第一句“中庭地白树栖鸦”写出了赏月的环境，暗示出人物的情态，讲到庭院中的地面呈现出雪白色，树上栖息着孤苦的鹊鸦，有马致远《秋思》之美。第二句“冷露无声湿桂花”写了诗人的感受，中秋时分是桂花最美的时候，但是作者感受到桂树仿佛被点点秋露打湿，这就让浓香的桂花沾染上了离愁别绪。同时，这个桂树也可以指望月时看到的月中桂树，不但营造出中秋氛围，也为后边的内容作了铺垫。最后两句“今夜月明人尽望，不知秋思落谁家”，诗人的思维展开了跳跃式发展，从自己望月想到天下人望月，从自己的望月活动升华至对远方亲友的怀念。

背景

此诗是作者在中秋佳节和朋友杜元颖相聚时所写，具体的年份不可考。

名家点评

〔清〕周珽：妙景中含，解者几人？(《唐诗选脉会通评林》)

〔清〕宋宗元：性情在笔墨之外（末二句下）。(《网师园唐诗笺》)

〔当代〕刘永济：三、四见同一中秋月夜，人之苦乐各别。末句以唱叹口气出之，感慨无限。(《唐人绝句精华》)

张仲素

张仲素（约769—约819），字绘之，唐代诗人。他的边塞诗语言慷慨，意气昂扬，主要歌颂边防将士的战斗精神。他的乐府诗成就最高，善写思妇心情，诗歌刻画细腻，婉转感人。

秋逼暗虫通夕响，征衣未寄莫飞霜

秋夜曲

唐·张仲素

丁丁漏水夜何长，漫漫轻云露月光。
秋逼暗虫通夕响，征衣未寄莫飞霜。

注释

丁丁：形容漏水的声音。

漏：古代计时器具。

漫漫：形容轻云的形状变幻。

暗虫：暗处的秋虫。

征衣：出征将士之衣，泛指军服。

简析

这首七绝写的是闺中人的相思之情。诗歌的首联“丁丁漏水夜何长，漫漫轻云露月光”使用了叠词，漏壶传来的“丁丁”的声音把时间拉长了，显得长夜“漫漫”，这两句暗写出女子对丈夫的思念时间非常长，长到自己可以看着漏壶中流水一滴滴地逝去，看着月亮一点点地从云中露出。三、四句“秋逼暗虫通夕响，征衣未寄莫飞霜”写在这失眠的长夜里，她又听到了秋天的虫儿一宿一宿地鸣叫，突然想到是时候给丈夫准备冬天的衣服了，充分地写出了女子对出征在外的丈夫的关切。这首诗前三句极力写景，将秋月、秋虫这些撩人的东西收入诗中，最后一句才展露全诗的主旨，给人意味无穷之感，饱含深情地写出了思妇的一片浓情。

背景

张仲素为唐德宗贞元十四年（798）进士，后来来到武宁军亲眼看到边关将士和妻子之间离别相思之情，在这种情况下写了这首诗。

名家点评

〔当代〕陈邦炎：这首诗与《秋闺思》相似，也是写一个因想到要为征夫寄寒衣而通宵不眠的思妇，也是写她在这不眠之夜里一直凝望着秋夜的天空、倾听着静夜的声响，同样饱含深情。

〔当代〕张桦：这首诗描写了思妇一夜的情思，将秋月、秋虫这些撩人的东西收入诗里，极为生动传神地展现了思妇的愁思，且读来很是意味深长。

白居易

白居易（772—846），字乐天，号香山居士、醉吟先生，唐代伟大诗人，诗歌题材广泛，形式多样，语言平易通俗，被称为“诗魔”“诗王”。白居易与元稹共同倡导新乐府运动，世称“元白”，与刘禹锡并称“刘白”。

南浦凄凄别，西风袅袅秋

南浦别

唐·白居易

南浦凄凄别，西风袅袅秋。
一看肠一断，好去莫回头。

注释

袅袅：吹拂，这里形容西风吹拂。

好去：放心前去。

简析

这是白居易创作的送别小诗，诗风清新淡雅，如同一汪清水浅浅地带给我们依依惜别的深情。诗歌第一、二句“南浦凄凄别，西风袅袅秋”直接点明送友人的时间和地点，诗中“凄凄”谓内心之哀愁，“袅袅”讲秋景之萧瑟。“南浦”从字面意思上看是南面的水边，实际上代指送别之地。张若虚《春江花月夜》中说“青枫浦上不胜愁”，所以一见这“浦”字就生发出一种离愁别绪。后两句“一看肠一断，好去莫回头”更是情真意切，俗话说“送君千里，终须一别”，可是当离去的人频频回头再望，此情此景真只有“肠一断”可以表达了。白居易的诗歌相比其他诗人之作更容易理解，这首诗选择了一个悲伤的场景，营造了一个秋风萧瑟的氛围，截取了一个生活中送别回望的场景，但这就足以牵动读者心弦了。

背景

这首诗具体创作时间不可考，主要表达了与人依依惜别之情。

名家点评

〔近代〕俞陛云：首句凄凄南浦，为江淹恨别之乡。次句袅袅西风，乃宋玉悲秋之际。寄语征人，不若掉头竟去，强制离情，差胜于留恋长亭，赢得相看肠断也。皇甫曾送友诗云：“相望知不见，终是屡回头。”一言行者好去莫回头，一言送行者屡回头，皆情至之语。(《诗境浅说续编》)

刘禹锡

刘禹锡（772—842），字梦得，唐朝文学家、哲学家，被称为“诗豪”。刘禹锡诗歌散文成就都很高，涉猎题材也很广泛，与柳宗元并称“刘柳”，与韦应物、白居易合称“三杰”。其山水诗气象开阔，颇有造诣。

自古逢秋悲寂寥，我言秋日胜春朝

秋词

唐·刘禹锡

自古逢秋悲寂寥，我言秋日胜春朝。
晴空一鹤排云上，便引诗情到碧霄。

注释

悲寂寥：悲叹萧条空寂。

春朝：春初朝，朝，有早晨的意思，这里指的是刚开始。

排：推开，有冲破的意思。

碧霄：青天。

简析

古人自有“悲秋”的传统，但是这首诗一开篇就反其道而行，诗人以议论开篇，“自古逢秋悲寂寥，我言秋日胜春朝”说以前的文人墨客到了秋天就会哀叹秋之寂寥悲伤，但是我认为秋天的景色比春天更为迷人。作者极力否定传统论调，表达出自己的观点，引出了后两句“晴空一鹤排云上，便引诗情到碧霄”的描写。在这秋高气爽的天气里，有一只仙鹤直冲云霄，这样的景象激发了我的诗情。其实，刘禹锡作这首诗的时候并非人生得意之时，而是人生最得意的时候被贬朗州，其人生苦闷可想而知，但是刘禹锡偏偏求异，作的这首《秋词》显示的是他博大的胸襟和非凡的气度。诗人的这一首与众不同的秋天的赞歌，也是诗人留给我们的最珍贵的财富。

背景

公元805年（永贞元年），刘禹锡被贬朗州司马时作了此诗，主要表现自己受到贬谪之后的开阔胸襟。

何处秋风至？萧萧送雁群

秋风引

唐·刘禹锡

何处秋风至？萧萧送雁群。
朝来入庭树，孤客最先闻。

注释

引：一种文学或乐曲体裁，有序奏之意，即引子，开头。

孤客：单身旅居外地的人。

简析

刘禹锡写《秋风引》，全诗都在谈秋风，第一句“何处秋风至”以问开篇，看似是在询问，实际上是告诉我们秋风忽至的情形。第二句“萧萧送雁群”则是诗人的所听所见，他听到的是萧萧的风声，看到的是南飞的大雁，这就构成了一个秋季萧瑟的景象。紧接着写“朝来入庭树，孤客最先闻”，诗人写景采取了从上到下的顺序，这句先写地面上的“庭树”，最终集中到独在异乡的“孤客”。这首诗看似从秋风做文章，实际上题目已经告诉我们秋风只不过是一个“引子”，重在引出秋风之后作者的真正情感：此诗整体上借景抒情，表达了诗人的思归之心。

背景

刘禹锡被贬谪南方的时候，看到大雁南飞兴起悲秋之情，作了此诗。

名家点评

〔清〕李锳：咏秋风必有闻此秋风者，妙在“最先”二字为“孤客”写神，无限情怀，溢于言表。(《诗法易简录》)

〔明〕钟惺：“不曰‘不堪闻’，而曰‘最先闻’，语意便深厚。”(《唐诗归》)

〔清〕沈德潜：“若说‘不堪闻’，便浅。”(《唐诗别裁集》)

今逢四海为家日，故垒萧萧芦荻秋

西塞山怀古

唐 · 刘禹锡

王濬楼船下益州，金陵王气黯然收。
千寻铁锁沉江底，一片降幡出石头。
人世几回伤往事，山形依旧枕寒流。
今逢四海为家日，故垒萧萧芦荻秋。

注释

王气：帝王之气。

寻：长度单位。

萧萧：秋风的声音。

简析

这是刘禹锡伤古怀今的诗歌。诗的前四句节奏感很强，“王濬楼船下益州，金陵王气黯然收”，作者利用对比手法描绘出了敌我双方，当年晋武帝伐吴的时候曾经派王濬造大船出巴蜀，所以第一句写的是西晋军队，而后则以“金陵”代指东吴。当王濬的战舰沿江东而下进攻东吴的时候，当年显赫无比的金陵城的王气变得黯然失色。而“千寻铁锁沉江底，一片降幡出石头”则展示了进攻路线、攻守方式和战争结局。后边“人世几回伤往事，山形依旧枕寒流”是说人世间能有多少感伤的往事呢？只有西塞山一直依靠着滚滚的长江不曾改变，诗歌的意境也因此显得非常宽阔。诗歌第七句“今逢四海为家日”中又写到了“今逢”之世，第八句“故垒萧萧芦荻秋”则写到往日的军事堡垒已经残破不堪。诗人借古讽今，直点现实。

背景

唐穆宗长庆四年（824），刘禹锡调任和州刺史途中路过西塞山，触景生情写下了这首诗。

名家点评

〔清〕张谦宜："太平既久，向之霸业雄心消磨已净。此方是怀古胜场。"(《絸斋诗谈》)

〔清〕纪昀："第六句一笔折到西塞山是为圆熟。"（方回《瀛奎律髓》纪评）

湖光秋月两相和，潭面无风镜未磨

望洞庭

唐·刘禹锡

湖光秋月两相和，潭面无风镜未磨。
遥望洞庭山水翠，白银盘里一青螺。

注释

湖光：湖面的波光。

青螺：这里用来形容洞庭湖中的君山。

简析

刘禹锡的这首诗描写的是秋夜月光下洞庭湖的美景。第一句“湖光秋月两相和”写清澈的湖水和天上的月光相辅相成，呈现出水天一色之美。第二句“潭面无风镜未磨”使用借喻，写洞庭湖上没有风，湖面隐隐约约的就好像没有磨拭的铜镜。这湖面风平浪静的样子，刚好映衬了上句的水天相融。后两句“遥望洞庭山水翠，白银盘里一青螺”，诗人写景由整体到局部专写君山，说明洞庭山的青翠，洞庭湖的清澈。这幅洞庭月色山水图的描绘表现了诗人对大自然的热爱之情。刘禹锡被称为“诗豪”并非浪得虚名，他举重若轻，把千里洞庭想象成了梳妆台上的妆楼奁镜，看作了茶几上的杯盘，富有浪漫主义色彩。诗人虽然一生仕途不顺，但其人格、品质和审美趣味却高雅豪放。

背景

唐穆宗长庆四年（824）秋，刘禹锡担任和州刺史，途经洞庭湖时作此诗。

名家点评

〔南宋〕葛立方：诗家有换骨法，谓用古人意而点化之，使加工也。……刘禹锡云：“遥望洞庭山水翠，白银盘里一青螺。”山谷点化之，则云：“可惜不当湖水面，银山堆里看青山。”(《韵语阳秋》)

〔明〕谢榛：意巧则浅，若刘禹锡“遥望洞庭山水翠，白银盘里一青螺”是也。(《四溟诗话》)

严维

严维，约生活于唐肃宗至德元年前后，字正文，以“词藻宏丽”考中进士。因为他和当时有名的诗人文士都有交流，所以诗歌以送别赠酬为多，诗情雅致，呈现一定的魏晋风骨，铿锵有力，较少写离情别恨。

丹阳郭里送行舟，一别心知两地秋

丹阳送韦参军

唐·严维

丹阳郭里送行舟，一别心知两地秋。
日晚江南望江北，寒鸦飞尽水悠悠。

注释

郭：古代在城外围环城而筑的一道城墙。
行舟：表示友人将从水路离去。
日晚：此处暗示思念时间之久。
悠悠：辽阔无际，遥远。

简析

诗人和韦参军是好朋友，这首诗主要是赠别友人，赞颂了两人之间的真挚友谊。诗歌第一句“丹阳郭里送行舟”交代了送别地方是在丹阳的内城，这个时候好友将要乘船离去。“一别心知两地秋”实写在这个萧瑟的秋季，好朋友就要分别，这句明写季节，实写惜别之愁。人们常说“一叶知秋”，而此处偏偏写“两地秋”，这是暗含两人已经分离两地。后两句写诗人好友离别后对朋友的思念，“日晚江南望江北，寒鸦飞尽水悠悠”，写自己在江南望着友人所在的江北，可是见到的只有那伤感的寒鸦越飞越远，最后不见踪迹。它们飞去了哪里了？想来已经归巢，可是作者依然伫立江边，他对朋友的思念之情也许只有留给那流淌不息的长江水带给自己的朋友了！

背景

这首诗创作的具体时间不可考，应该是诗人在丹阳送友人渡江的时候所作。

名家点评

〔明〕桂天祥：作诗妙处，正不在多道，如“日晚”二句，多少相思，都在此隐括内。(《批点唐诗正声》)

〔清〕吴烶：首一句完题面，后三句递生出一江之隔，故曰“两地”，曰“南”“北”。“悠悠”则实写江水，送别之意渐深渐远，有味。(《唐诗选胜直解》)

〔清〕宋顾乐：只一“望”字见意，末句转入空际，却自佳。《唐人万首绝句选评》

〔近代〕俞陛云：临水寄怀，不落边际，自有渺渺予怀之感。(《诗境浅说续编》)

柳宗元

柳宗元（773—819），唐宋八大家之一，唐代文学家、哲学家、散文家和思想家。世称“柳河东”“河东先生”“柳柳州”。柳宗元与韩愈并称“韩柳”，与王维、孟浩然、韦应物并称“王孟韦柳”。

海畔尖山似剑铓，秋来处处割愁肠

与浩初上人同看山寄京华亲故

唐 · 柳宗元

海畔尖山似剑铓，秋来处处割愁肠。
若为化得身千亿，散上峰头望故乡。

注释

浩初：作者的朋友。

京华：京城长安。

割：断。

愁肠：因思乡而忧愁，有如肝肠寸断。

若：假若。

散上：飘向。

故乡：这里指长安，而作者的家乡在河东。

简析

柳宗元的这首诗运用奇特的构思，把心底不可遏制的郁抑之情倾吐了出来。诗的第一句“海畔尖山似剑铓”用比喻的手法写出了登山见到的广西特有的风光——突兀的山峰，然后写自己内心的情绪。“秋来处处割愁肠”说秋天的风萧瑟寒冷，甚至能够割断人的愁肠。当时受到顺宗时期永贞革新的影响，一批官员被贬谪到边远之地，面对这样的政治迫害，柳宗元不由发出了感慨。后两句“若为化得身千亿，散上峰头望故乡”是诗人产生的奇异想象，他感觉面前的这许多山峰全都变成了自己的化身，而所有的山峰全都在遥望故乡，实际就是诗人在遥望故乡。在这里柳宗元幻化成山峰，山峰幻化成柳宗元，你中有我，我中有你，巧妙地传达出诗人眷恋故乡之深情。

背景

柳宗元从永州到柳州担任刺史之后，一直怀念朋友思念家乡，内心郁郁之时写下了此诗。

名家点评

〔北宋〕蔡启：“子厚之贬，其忧悲憔悴之叹，发于诗者，特为酸楚。”(《蔡宽夫诗话》)

〔南宋〕周紫芝：“柳子厚《与浩初上人同看山寄京华亲故》云：‘海畔尖山似剑铓，秋来处处割愁肠。若为化得身千亿，散上峰头望故乡。’议者谓子厚南迁，不得为无罪，盖未死而身已在刀山上。”(《竹坡诗话》)

〔明〕周珽：顾璘曰：悲语。周珽曰：留滞他山，愁肠如割，到处无可慰之也。因同上人，欲假释家化身神通，少舒乡国之想。固迁客无聊之思，发为无聊之语耳。(《唐诗选脉会通评林》)

元稹

元稹（779—831），字微之，别字威明，唐朝著名诗人、文学家。其诗文学价值颇高，辞言浅意哀，极为扣人心扉，动人肺腑，号为“元和体”。其乐府诗创作，多受张籍、王建的影响，“新题乐府”直接继承李绅。

秋丛绕舍似陶家，遍绕篱边日渐斜

菊花

唐·元稹

秋丛绕舍似陶家，遍绕篱边日渐斜。
不是花中偏爱菊，此花开尽更无花。

注释

秋丛：指丛丛秋菊。

陶家：陶渊明的家。

遍绕：环绕一遍。

更：再。

简析

我国文学史上第一位田园诗人陶渊明写下了“采菊东篱下，悠然见南山”的名句之后，菊花就成为了隐逸者的象征。后代的文人墨客也都以此为主题进行创作，其中中唐著名诗人元稹的七绝《菊花》便是其中较有情韵的一首。第一句“秋丛绕舍似陶家”写屋外种植的菊花很多，环境幽雅，好像陶渊明的家。第二句“遍绕篱边日渐斜”写诗人在认真地观赏菊花，所以夕阳西下，自己犹自不知。后边两句“不是花中偏爱菊，此花开尽更无花”直接告诉读者自己喜欢菊花的原因，表达了对菊花凌风霜而不凋高贵品格的赞美。元稹使用“咏菊”的传统题材进行创作，但是却不落俗套，全诗没有直接描写菊花，只是通过写自己对菊花的喜爱，侧面说明菊花的优秀品格。

背景

该诗表达了作者对菊花的喜爱和赞美，具体创作时间不可考。

李贺

李贺（约791—约817），字长吉，中唐浪漫主义诗人，其诗多慨叹生不逢时和内心苦闷，诗作想象丰富，经常应用神话传说来托古寓今，开创了“长吉体”。后人称他为“鬼才”“诗鬼”，其诗文被称为“鬼仙之辞”。

吴丝蜀桐张高秋，空山凝云颓不流

李凭箜篌引

唐・李贺

吴丝蜀桐张高秋，空山凝云颓不流。
江娥啼竹素女愁，李凭中国弹箜篌。
昆山玉碎凤凰叫，芙蓉泣露香兰笑。
十二门前融冷光，二十三丝动紫皇。
女娲炼石补天处，石破天惊逗秋雨。
梦入神山教神妪，老鱼跳波瘦蛟舞。
吴质不眠倚桂树，露脚斜飞湿寒兔。

注释

中国：即国之中央，意谓在京城。

凤凰叫：形容乐音和缓。

芙蓉泣露、香兰笑：形容乐声时而低回，时而轻快。

十二门：长安城东西南北每一面各三门，共十二门。

逗：引。

老鱼跳波：鱼随着乐声跳跃。

露脚：露珠下滴的形象说法。

寒兔：指秋月。

简析

李凭是当时非常有名的箜篌演奏家。李贺这首诗从写箜篌精良的制作开始，重在侧面衬托演奏者技艺之高。第三句写演奏的乐声，但是并没有直接写声音，只是告诉读者这样的箜篌声一经传出，云都会为之感动，仙女都会为之感怀。直到第四句诗人才告诉我们演奏者是李凭，这就突破了一般先交代人物的藩篱。五、六句作者终于开始正面写乐声了，箜篌的声音好像凤凰鸣叫，仿佛玉碎山崩，让人想到带着露水的荷花和盛开的兰花。从第七句起到全诗结束，全都写了弹奏的音效。近处来听，长安所有的城门前的寒冷，都能被箜篌声消融。皇城内皇帝也被感染了。听到了这样的乐声，诗人就插上了想象的翅膀，一路飞升，将读者带入到一个瑰丽的境界内。这首诗充满了浪漫主义色彩，展示出诗人奇特的想象。

背景

唐宪宗元和六年（811）至元和八年（813）间，李贺在长安任职，这首诗作于这个时间段。

名家点评

〔明〕郭云：幽玄神怪，至此而极，妙在写出声音情态。(《增订评注唐诗正声》)

〔清〕黄周星：本咏箜篌耳，忽然说到女娲、神妪，惊天入月，变幻百怪，不可方物，真是鬼神于文。(《唐诗快》)

不见年年辽海上，文章何处哭秋风？

南园十三首（其六）

唐·李贺

寻章摘句老雕虫，晓月当帘挂玉弓。
不见年年辽海上，文章何处哭秋风？

注释

寻章摘句：指创作时谋篇琢句。

老雕虫：老死于雕虫的生活之中。

哭秋风：即悲秋的意思。

简析

这首诗主要慨叹了怀才不遇，颇有感慨读书无用之意。诗歌第一联“寻章摘句老雕虫”先描述了在书斋读书的无聊艰辛，说自己的青春年华全都放到了“寻章摘句”这样的雕虫小技上，隐隐流露出一丝怨艾。然后使用白描的手法写“晓月当帘挂玉弓”，这展示了自己当年的努力程度，每当夜深人静的时候只有一弯明月和自己相伴，每当天已拂晓，自己还在琢磨篇章。诗人这样刻苦读书又有什么用呢？诗歌三、四句“不见年年辽海上，文章何处哭秋风”悲怆有力，不过是东北边境年年征战，自己只能暗自伤怀了。诗中的“哭秋风”和屈原的“悲回风之摇蕙兮，心冤结而内伤”有着相同意境，曲折隐晦地展示了当时文人怀才不遇，文化沦落的社会原因。

背景

李贺的组诗《南园十三首》是作者辞官之后赋闲所作，学术界认为其创作时间应该在唐宪宗元和八年（813）至十一年（816）之间。

名家点评

〔清〕黎简：欲弃毛锥，亦自愤也。(《李长吉集》)

〔明〕余光解：裴度伐吴元济，蔡、郓、淮西数十州至是尽归朝廷。贺盖美诸将之功，而复羡其荣宠，故不觉壮志勃生。(《昌谷集注》)

〔清〕王琦：观凌烟阁上之像，未有以书生而封侯者，不得不弃笔墨而带吴钩矣。(《李长吉歌诗汇解》)

角声满天秋色里，塞上燕脂凝夜紫

雁门太守行

唐·李贺

黑云压城城欲摧，甲光向日金鳞开。
角声满天秋色里，塞上燕脂凝夜紫。
半卷红旗临易水，霜重鼓寒声不起。
报君黄金台上意，提携玉龙为君死。

注释

黑云：此形容战争烟尘铺天盖地，弥漫在边城附近，气氛十分紧张。

摧：毁。

甲光：铠甲迎着太阳闪出的光。

角：古代军中一种吹奏乐器，多用兽角制成，也是古代军中的号角。

临：逼近，到，临近。

霜重鼓寒：天寒霜降，战鼓声沉闷而不响亮。

声不起：形容鼓声低沉，不响亮。

报：报答。

玉龙：宝剑的代称。

简析

“雁门太守行”是古代乐府的曲调，这首诗一共八句，前两句写景记事，一个“压”字说明了敌军兵临城下人多势众，然而城内守兵毫不畏惧，一个“金”字与上句的“黑”字形成了对比。紧接着三、四句诗人分别从听觉和视觉上进一步铺陈叙事，耳中所听是号角声，眼中所见是惊心动魄的战争。由于敌我双方人数悬殊，我方伤亡惨重，引出了后面四句写援军的内容。“半卷红旗临易水”化用“风萧萧兮易水寒，壮士一去不复还”诗句，展现出将士的壮怀激烈。紧接着“霜重鼓寒声不起”描写除了战争之胶着，夜寒霜重，连战鼓也敲不响了。然而即使是这么困难，将士们也没有放弃。诗人说“报君黄金台上意，提携玉龙为君死”，其中黄金台用了燕昭王的典故，写出将士们誓死报效朝廷的决心。

背景

关于此诗创作年份学术界有两种说法。一说此诗作于唐宪宗元和九年（814），一说此诗作于元和二年（807）。

名家点评

〔清〕沈德潜：阴云蔽天，忽露赤日，实有此景（“黑云压城”二句下）。字字锤炼而成，昌谷集中定推老成之作。（《唐诗别裁》）

〔清〕宋宗元：沉雄乃尔（“黑云压城”二句下）。警绝（“霜重鼓寒”三句下）。（《网师园唐诗笺》）

〔清〕史承豫：闪烁纸上（“黑云压城”句下），结更陡健。（《唐贤小三昧集》）

〔清〕王闿运：长吉诗皆仅成章（“半卷红旗”二句下）。（《王闿运手批唐诗选》）

许浑

许浑（约791—约858），字用晦，也被称为“许丁卯”，晚唐最具影响力的诗人之一。其一生不创作古诗，专攻律诗，题材上以怀古诗、田园诗为上乘之作，内容上多描写水、雨之景，后人甚至将其与杜甫齐名。

鸟下绿芜秦苑夕，蝉鸣黄叶汉宫秋

咸阳城东楼

唐·许浑

一上高城万里愁，蒹葭杨柳似汀洲。
溪云初起日沉阁，山雨欲来风满楼。
鸟下绿芜秦苑夕，蝉鸣黄叶汉宫秋。
行人莫问当年事，故国东来渭水流。

注释

蒹葭：芦苇一类的水草。

行人：过客。泛指古往今来征人游子，也包括作者在内。

东来：指诗人自东边而来。

简析

这首诗是诗人登上咸阳城东楼的时候所写，第一联化用《诗经·秦风·蒹葭》中表达相思之苦的意境，诗人登上咸阳城东楼远望，仿佛看到了自己的家乡。紧接着的颔联两句“溪云初起日沉阁，山雨欲来风满楼”写出了晚眺所见的景色，只见溪水和云融为一色，一轮红日渐薄西山，慈福寺的影子若隐若现，这时候凉风袭来，马上就要下大雨了。这里明面写雨，实际上是预感大唐王朝大厦将倾。而这两句后常常用来比喻重大事件发生前的紧张气氛，成为了千古名句。第三联“鸟下绿芜秦苑夕，蝉鸣黄叶汉宫秋”由远及近，写到雨前鸟雀、秋蝉的行为。然而又将此动物和深宫联系在一起，虚实结合，哀叹历史兴亡。最后的尾联“行人莫问当年事，故国东来渭水流”直接借景抒情，承接上述秦苑汉宫，感慨时代，让人们在凄婉的景物中感受到历史的悲凉。

背景

唐宣宗大中三年（849），许浑担任监察御史，这时候大唐王朝已经不复从前，诗人即兴写下了这首诗。

名家点评

〔清〕吴昌祺：拗句最为有致，然当时长安何至如此？诗人语多太过也。(《删订唐诗解》)

〔近代〕俞陛云：起句因云起而日沉，为诗心所易到。下句善状骤雨欲来，风先雨至之景，可谓绝妙好词（“溪云初起”二句下）。(《诗境浅说》)

杜牧

杜牧（803—约852），字牧之，号樊川居士，世称“杜樊川”，是晚唐成就颇高的诗人、散文家。其诗作中七言绝句最为优秀，内容以咏史抒怀为主，其诗风英姿勃发，俊朗清爽，多切经世之物。

青山隐隐水迢迢，秋尽江南草未凋

寄扬州韩绰判官

唐·杜牧

青山隐隐水迢迢，秋尽江南草未凋。
二十四桥明月夜，玉人何处教吹箫。

注释

判官：观察使、节度使的属官。
迢迢：指江水悠长遥远。
玉人：貌美之人。

简析

这首诗是杜牧的名诗。首句“青山隐隐水迢迢”用了两个叠词，“隐隐”写出了青山的隐约可见，“迢迢”写出了绿水长流，第二句“秋尽江南草未凋”写了南方的秋季草木并未凋零。诗人非常眷恋扬州的青山绿水，四季常青。后两句“二十四桥明月夜，玉人何处教吹箫”中的“二十四桥”有两种说法，北宋时期的科学家沈括在《梦溪笔谈》里曾经说有二十四座桥，并对每座桥的方位和名称做了详细记录。还有一种说法说这座桥的名字是二十四，清朝的李斗所作的《扬州画舫录》中说二十四桥又叫吴家砖桥、红药桥，当年因为有二十四位美人吹箫而得名。这两句借用二十四位美女吹箫的传说与友人调笑。但是李牧才情过人，诗句本身呈现出的优美早已经超越了诗人作诗的本意。

背景

专家考证本诗具体的写作时间是文宗大和九年（835）或开成元年（836）秋。当时杜牧担任淮南节度使掌书记。

名家点评

〔清〕黄生：作“草未凋”，本句始有意；若作“木”字，读之索然矣……扬州本行乐之地，故以此（按指“玉人”句）讯韩，言外有羡之意。(《唐诗摘钞》)

〔清〕黄叔灿：“十年一觉扬州梦”，牧之于扬州眷恋久矣。“二十四桥”一句，有神往之致，借韩以发之。(《唐诗笺注》)

〔近代〕邹弢：风流秀曼，一片精神。(《精选评注五朝诗学津梁》)

〔清〕邵于：丰神摇曳。(《历代诗发》)

〔清〕周咏堂：只此七字，便已妙绝（末句下）。(《唐贤小三昧集续集》)

〔清〕宋顾乐：深情高调，晚唐中绝作，可以媲美盛唐名家。(《唐人万首绝句选评》)

〔清〕蘅塘居士：二语与谪仙“烟花三月”七字，皆千古丽句（末二句下）。(《唐诗三百首》)

南陵水面漫悠悠，风紧云轻欲变秋

南陵道中

唐·杜牧

南陵水面漫悠悠，风紧云轻欲变秋。
正是客心孤回处，谁家红袖凭江楼？

注释

孤回：指孤单。

简析

此诗题为《南陵道中》，但是并未告诉我们诗人走的是水路还是陆路，从诗歌内容来看仿佛更像是水路。诗歌的第一句“南陵水面漫悠悠”写在水面上慢慢前行，看到水面平稳，水流绵长，这体现出诗人心态的从容，当然独自一人也有孤寂之感。第二句“风紧云轻欲变秋”写到天气骤变，风刮得紧了，这时候云彩也有所移动，营造出秋风萧瑟的氛围。最后两句

"正是客心孤回处，谁家红袖凭江楼"写到正当诗人自怜伤怀之时，他忽然看到岸边江楼上有一个女子站在栏杆边上向远处遥望。这个女子是谁并不重要，诗人看到这样一幅美景，心中的孤寂自然冲淡了不少。这时候女子的形象具有不确定性，不管她是思妇还仅仅是观景，都使得诗歌的意境更进了一步。

背景

文宗开成（835—840）年间，杜牧担任宣州团练判官，这首诗是作者在宣州任职期间创作的。

名家点评

〔清〕周咏堂：近人有以诗意入画者，恐未能尽其风景之妙。(《唐贤小三昧集续集》)

〔清〕宋顾乐：恼人客思，每每有此，妙能写出。(《唐人万首绝句选评》)

雨过一蝉噪，飘萧松桂秋

题扬州禅智寺

唐 · 杜牧

雨过一蝉噪，飘萧松桂秋。
青苔满阶砌，白鸟故迟留。
暮霭生深树，斜阳下小楼。
谁知竹西路，歌吹是扬州。

注释

蝉噪：指秋蝉鸣叫。

飘萧：飘摇萧瑟。

阶砌：台阶。

迟留：徘徊不愿离去。

暮霭：黄昏的云气。

简析

杜牧的弟弟有眼疾，他带着医师去探望自己弟弟时路过扬州禅智寺作了此诗。首联“雨过一蝉噪，飘萧松桂秋”交代了当时是初秋季节，这个时候的蝉虽然也是聒噪，但是只能发出凄婉的嘶哑声音了，而松树、桂树也都呈现出飘摇萧瑟之感。接着的“青苔满阶砌，白鸟故迟留”写出了自己所见，这里人烟稀少，所以环境更加凄清，那不愿意离去的白鸟在此显得格外冷落。后写“暮霭生深树，斜阳下小楼”，这是说禅智寺的树林非常茂密，阳光都透不过来，但是傍晚时分，暮霭又升腾起来。最后一联“谁知竹西路，歌吹是扬州”，诗人用喜景衬哀情，说城市里歌舞喧哗，正是反衬此处的寂静。读完此诗，真有“冠盖满京华，斯人独憔悴”之感。

背景

唐文宗开成二年（837）秋，杜牧从洛阳带眼医前去探视自己得眼疾的弟弟时创作了此诗。

名家点评

〔清〕袁枚：杜司勋诗“谁家唱水调，明月满扬州”“谁知竹西路，歌吹是扬州”“扬州尘土试回首，不惜千金借与君”“二十四桥明月夜，玉人何处教吹箫”“春风十里扬州路，卷上珠帘总不如”“十年一觉扬州梦，赢得青楼薄幸名”，何其善言扬州也！(《随园诗话》)

〔清〕高步瀛：结笔写寺之幽静，尤为得神。(《唐宋诗举要》)

萧萧山路穷秋雨，淅淅溪风一岸蒲

秋浦途中

唐·杜牧

萧萧山路穷秋雨，淅淅溪风一岸蒲。
为问寒沙新到雁，来时还下杜陵无？

注释

萧萧：形容雨声。

穷秋：深秋。

淅淅：形容风声。

为问：请问，试问。

寒沙：深秋时带有寒意的沙滩。

简析

杜牧的诗歌经常胜在韵味，此诗便是这样一首。诗歌的前两句“萧萧山路穷秋雨，淅淅溪风一岸蒲”使用了一对叠词，“萧萧”指的是山路上落叶纷飞，“淅淅”指的是被秋风吹动的溪水波光粼粼，山里连绵不绝的秋雨下个不停，瑟瑟秋风吹着西边的蒲苇，诗人的凄迷之情展现了出来。整体来说，这两句可以说明诗人善于观察，并且非常细腻地描绘，在细微的地方转达了作者的情感，在平淡的地方显示出情韵。三、四两句“为问寒沙新到雁，来时还下杜陵无”则有虚有实，故意使用一个问句，问那能传信的鸿雁可能到我家，回来的时候还会不会路过我老杜家的陵墓呢？这里的杜陵指的是西汉时期宣帝的陵墓，因为在杜县修建得名，而杜牧家恰好就在杜陵樊川。这时候终于将自己的家乡带了出来，这就直接展示出了诗人的思乡之情和羁旅在外的愁绪。

背景

唐武宗会昌四年（844），杜牧到池州出任刺史，这首诗创作于上任途中，表达了自己羁旅在外的痛苦心情。

江涵秋影雁初飞，与客携壶上翠微

九日齐山登高

唐・杜牧

江涵秋影雁初飞，与客携壶上翠微。
尘世难逢开口笑，菊花须插满头归。
但将酩酊酬佳节，不用登临恨落晖。
古往今来只如此，牛山何必独沾衣？

注释

翠微：这里代指山。

登临：登山临水或登高临下，泛指游览山水。

简析

这又是一首描写重阳节登高远眺的诗，杜牧和朋友携酒上山。诗歌首联“江涵秋影雁初飞，与客携壶上翠微”，诗人写大雁南飞，自己和朋友带着酒登高的情景，处处流露出愉悦之情。第二联“尘世难逢开口笑，菊花须插满头归”是唐诗中的名句，写出自己的矛盾，他又想及时行乐不辜负大好时光，又害怕行乐而虚度时光。第三联“但将酩酊酬佳节，不用登临恨落晖”也是如此，诗人既想用醉酒之行来酬谢重阳佳节，又感慨人生迟暮。尾联“古往今来只如此，牛山何必独沾衣”，诗人用了齐景公牛山泣涕的典故来安慰自己，认为人生无常，何必像齐景公那样因伤感而流泪呢！这首诗处处充满矛盾，诗人的豁达和得过且过的颓废融为一体，实是作者心理的真实反映。

背景

唐会昌五年（845），杜牧在池州，这时候张祜造访，两人在重阳节登高望远，因感怀而作此诗。

名家点评

〔清〕沈德潜：末二句影切齐山，非泛然下笔。(《唐诗别裁》)

〔清〕黄叔灿：通幅气体豪迈，直逼少陵。(《唐诗笺注》)

〔清〕吴烶：通篇赋登高之景，而寓感慨之意。(《唐诗选胜

直解》)

〔南宋〕方回、冯舒：牧之才大，对偶收拾不住，何变之有！查慎行：第四句少陵成语。何义门：此诗变幻不测，体自浑成。纪昀：前四句自好，后四句却似乐天。“不用”、“何必”，字与意并复，尤为碍格。无名氏（乙）：次联名句不磨，胸次豁然。(《瀛奎律髓汇评》)

南山与秋色，气势两相高

长安秋望

唐·杜牧

楼倚霜树外，镜天无一毫。
南山与秋色，气势两相高。

注释

秋望：在秋天远望。

霜树：指深秋时节的树。

镜天：像镜子一样明亮、洁净的天空。

秋色：秋高气爽的天空。

简析

这是一首赞美长安秋色的诗歌。首句“楼倚霜树外”主要告诉读者诗人望秋景的地点是在一座很高的楼上。秋天霜雪之后的树基本上都已落叶纷飞了，这就显得树木更加的高，但是诗人登临远眺所在之地比树还高，就暗示了登临之楼的巍峨。第二句“镜天无一毫”写诗人看到的天空就好像干干净净的一尘不染的镜面，连一丝云彩都没有，这是秋高气爽的天色。后两句“南山与秋色，气势两相高”写远处的终南山，说山的气势如入云霄，可以和秋光争色，甚至可以和天空比高。这首诗极好地将长安的美丽秋色和作者自己的精神层面结合在一起，诗中写的秋色是诗人胸怀的象征，那明净、空阔的景象给人一种宽广之感，诗人的胸怀之大气也展现出来了。

背景

创作这首诗的具体时间难以判断，研究者们大多认为此诗应当是作者晚年在长安居住时所作。

名家点评

〔北宋〕陈师道：世称杜牧“南山与秋色，气势两相高”为警绝。而子美才用一句，语益工，曰“千崖秋气高”也。(《后山诗话》)

〔宋〕陈知柔：予初喜杜紫微“南山与秋色，气势两相高”语，已乃知出于老杜“千崖秋气高”，盖一语领略尽秋色也。然二家言岩崖间秋气耳，犹未及江天水国气象宏阔处。(《休斋诗话》)

〔清〕翁方纲：诗不但因时，抑且因地。如杜牧之云：“南山与秋色，气势两相高”，此必是陕西之终南山。若以咏江西之庐山、广东之罗浮，便不是矣。(《石洲诗话》)

银烛秋光冷画屏，轻罗小扇扑流萤

秋夕

唐 · 杜牧

银烛秋光冷画屏，轻罗小扇扑流萤。
天阶夜色凉如水，坐看牵牛织女星。

注释

银烛：银色而精美的蜡烛。

画屏：画有图案的屏风。

轻罗小扇：轻巧的丝质团扇。

流萤：飞动的萤火虫。

天阶：露天的石阶。

简析

这首诗写的是失意宫女的孤寂哀怨。诗歌前两句“银烛秋光冷画屏，轻罗小扇扑流萤”写出秋天的晚上，蜡烛发出微光，这给本来就孤寂的屏风凭添了一份幽冷之色。女子无处排遣心中的苦闷，只能在这样寂静的夜里独自去扑打萤火虫。第三、四句“天阶夜色凉如水，坐看牵牛织女星”说夜色已深，女子理应进屋休息，但是她却还坐在宫内冰凉的石阶上，抬头凝视分别待在银河两边久久不能相见的牵牛织女。这句话使用了牛郎织女的典故，汉代《古诗十九首》中的“迢迢牵牛星”也使用了这个典故。女子仰望天空自己心中久久不能平静，何况每年七夕，喜鹊搭桥牛郎织女还有相见之日，但是自己的凄凉却没有结束之日。

背景

这首诗写了宫中女子孤寂的生活和凄凉的心情，具体创作时间不可考。

名家点评

〔明〕吴逸一：词亦浓丽，意却凄婉。末句玩“看”字。(《唐诗正声》)

〔明〕陆明雍：冷然情致。“坐看”不若“卧看”佳。(《唐诗镜》)

〔清〕吴昌祺：隽而小。(《删订唐诗解》)

赵嘏

赵嘏，其出生年月不详，大约生于宪宗元和元年，字承佑，唐代诗人。年轻时四处游历，留寓长安多年，出入豪门以干功名，后参加科举考试中进士。现存诗二百多首，其中七律、七绝最多且较出色。

云雾凄清拂曙流，汉家宫阙动高秋

长安秋望

唐 · 赵嘏

云雾凄清拂曙流，汉家宫阙动高秋。
残星几点雁横塞，长笛一声人倚楼。
紫艳半开篱菊静，红衣落尽渚莲愁。
鲈鱼正美不归去，空戴南冠学楚囚。

注释

凄清：指秋天到来后的那种乍冷未冷的微寒，也有萧索之意。

流：指移动。

动高秋：形容宫殿高耸，好像触动高高的秋空。

残星：天将亮时的星星。

雁横塞：因为是深秋，所以长空有飞越关塞的北雁经过。

紫艳：艳丽的紫色，比喻菊花的色泽。

红衣：指红色莲花的花瓣。

渚：水中小块陆地。

简析

这首诗通过描写深秋时分长安城拂晓的景色，表达了自己的思归之情。诗歌首联“云雾凄清拂曙流，汉家宫阙动高秋”是长安城全景的概括描写，作者看到云雾缭绕，整个长安城都好像在自己的脚下浮动，呈现出一种“凄清”之感。第二联“残星几点雁横塞，长笛一声人倚楼”写作者向上仰视看到了点点残星和南归之雁，与此同时耳中听到了有人吹奏横笛。乐曲优扬，不知道是在叹息人生转瞬即逝还是与诗人一样也在思念家乡。第三联“紫艳半开篱菊静，红衣落尽渚莲愁”写天已大亮，眼前之景已经很清晰了，这里有紫色的菊花含苞待放，有凋谢的红莲展现憔悴，作者不由得睹物神伤。最后一联写到“鲈鱼正美不归去，空戴南冠学楚囚”，诗人利用张翰的典故来诉说自己的思乡之情。

背景

唐文宗大和六年（832），赵嘏科举不中，客居长安，因思乡创作了这首诗。

名家点评

〔唐〕王定保：杜紫微览赵渭南卷，《早秋》诗云：“残星几

点雁横塞，长笛一声人倚楼。”吟咏不已，因目为“赵倚楼”。（《唐摭言》）

〔明〕廖文炳：此在长安因感晚秋之景，而怀故园也。（《唐诗鼓吹注解》）

〔明〕陆时雍：三、四景色历寂，意象自成。（《唐诗镜》）

李商隐

李商隐（约813—约858），字义山，号玉溪（谿）生、樊南生，晚唐最出色的诗人之一，与杜牧并称“小李杜”，与温庭筠合称“温李”。其诗构思新奇，风格秾丽，尤其爱情诗和无题诗写得缠绵悱恻，优美动人。

秋阴不散霜飞晚，留得枯荷听雨声

宿骆氏亭寄怀崔雍崔衮

唐·李商隐

竹坞无尘水槛清，相思迢递隔重城。
秋阴不散霜飞晚，留得枯荷听雨声。

注释

崔雍、崔衮：崔戎的儿子，李商隐的从表兄弟。

竹坞：丛竹掩映的池边高地。

水槛：指临水有栏杆的亭榭，此指骆氏亭。

迢递：遥远的样子。

重城：一道道城关。

简析

当年，李商隐因为科考不中曾经投奔自己的表叔崔戎，他的表叔对他极好，他和自己的表兄弟关系也很好。崔戎去世之后，李商隐写了这首诗给自己的表兄弟。首句“竹坞无尘水槛清”写翠竹、清水把亭子装饰得清雅幽静，当人进入其中就直接感受到远离尘嚣的恬淡。第二句“相思迢递隔重城”说自己所在之地与崔氏兄弟二人居住的长安相隔甚远，诗人的相思之情跃然纸上。后边两句“秋阴不散霜飞晚，留得枯荷听雨声”，诗人又从自己的想象中回到眼前景物，说秋日天空中氤氲绵绵，所以霜雪也来得晚了一些，只能看到满地残破的荷花，听着深夜簌簌的雨声，这枯荷、这雨声给我们一种残败之感，这正应了古人悲秋怀人的情感，然而也幸亏还有这样的荷花、这样的冷雨让自己这样一个在异地思念友人的旅客有了一些慰藉。

背景

唐文宗大和八年（835），李商隐表叔崔戎病故，但是他旅行在外，住在一骆姓人家，因怀念崔雍、崔衮两位表兄弟而创作了这首诗。

名家点评

〔清〕屈复：一骆氏亭，二寄怀，三见时，四情景，写“宿”字之神。（《玉溪生诗意》）

〔清〕姚培谦：秋霜未降，荷叶先枯，多少身世之感！（《李义山诗集笺注》）

〔清〕纪昀：分明自己无聊，却就枯荷雨声渲出，极有余味；若说破雨夜不眠，转尽于言下矣。“秋阴不散”起“雨声”，“霜飞晚”起“留得枯荷”，此是小处，然亦见得不苟。（《玉溪生诗说》）

休问梁园旧宾客，茂陵秋雨病相如

寄令狐郎中

唐 · 李商隐

嵩云秦树久离居，双鲤迢迢一纸书。
休问梁园旧宾客，茂陵秋雨病相如。

注释

令狐郎中：即令狐绹，其时在朝中任考功郎中。

双鲤：指书信。

迢迢：遥远的样子。

休问：别问。

简析

这首诗是李商隐寄给好友令狐绹的，第一句“嵩云秦树久离居”就说自己住在洛阳而朋友住在长安，其中“嵩云秦树”化用了杜甫诗歌《春日忆李白》中的名句“渭北春天树，江东日暮云”。第二句“双鲤迢迢一纸书”说自己收到了好友的信，这是最自然的书信问候，平淡却情意绵长。后两句“休问梁园旧宾客，茂陵秋雨病相如”既凝练含蓄又颇有兴致，不需要对方问我的生活艰辛，直说自己就好似秋风秋雨中的司马相如一样。这里李商隐之所以说自己像司马相如，是因为当时他因为家事一直闲居，此时他非常希望施展抱负，但是生活却百无聊赖，身体又出了一些问题，所以说自己像司马相如那样闲居病免。他想着自己的处境觉得深深有愧于朋友的询问，从而感慨自己的落寞之情。这首诗情真意切，诗人虽然落寞但并没有任何乞求对方怜悯和推荐的意思。

背景

武宗会昌五年（845）秋，作者闲居洛阳给长安的好友令狐绹的一首诗。

名家点评

〔清〕冯浩、杨守智：其词甚悲，意在修好。(《玉溪生诗集笺注》)

〔清〕纪昀：一唱三叹，格韵俱高。(《李义山诗集辑评》)

〔清〕宋顾乐：布置工妙，神味隽永，绝句之正鹄也。(《唐人万首绝句选评》)

如何肯到清秋日，已带斜阳又带蝉

柳

唐·李商隐

曾逐东风拂舞筵，乐游春苑断肠天。
如何肯到清秋日，已带斜阳又带蝉。

注释

舞筵：歌舞的筵席。

断肠天：指繁花似锦的春日。

肯到：会到。

清秋：明净爽朗的秋天。

简析

古人写柳，往往在春天，贺知章一句“不知细叶谁裁出，二月春风似剪刀”成为了咏柳的名句，但是李商隐的这首诗写的却是秋天的柳，别有一番滋味。诗人没有一上来就写当前的柳树的情景，而是写“曾逐东风拂舞筵，乐游春苑断肠天”，先追忆春季柳树低垂的柳枝随风飘舞，好像一位翩翩起舞的美女，把柳树给拟人化了，给读者一种欢愉之感。直到后两句“如何肯到清秋日，已带斜阳又带蝉”，作者的笔锋才转到现在的柳树上，夕阳西下，照耀着柳树的枝条，秋蝉在树上哀鸣，但是诗人偏偏写成“带斜阳又带蝉”，整个情感就从春之愉悦转向了秋柳之不幸。

背景

唐宣宗大中五年（851），李商隐在长安做柳仲郢书记时借府主姓氏抒发感慨而作此诗。

名家点评

〔清〕姚培谦：得意人到失意时，苦况如是。“肯到”二字妙，却由不得你不肯也。(《李义山诗集笺注》)

〔清〕屈复：玩“曾拂”“肯到”“既”“又”等字，诗意甚明。晚节文疏，有托而言，非徒咏柳也。识者详之。(《玉溪生诗意》)

〔清〕田兰芳：不堪积愁，又不堪追往，肠断一物矣。

〔清〕冯浩：此种入神之作，既以事征，尤以情会，妙不可穷也。(《玉溪生诗集笺注》)

荷叶生时春恨生，荷叶枯时秋恨成

暮秋独游曲江

唐 · 李商隐

荷叶生时春恨生，荷叶枯时秋恨成。
深知身在情长在，怅望江头江水声。

注释

曲江：即曲江池。

春恨：犹春愁，春怨。

怅望：惆怅地看望或想望。

简析

李商隐的这首诗本是一首七言绝句，可是并不符合格律诗的要求，比方说平仄并不相对，一、二句都写到了“荷叶”，这好像他的《巴山夜雨》中的感觉。此诗一开头写到“荷叶生时春恨生，荷叶枯时秋恨成”，这是说荷花出现的时候春恨跟着出现，荷叶枯萎的时候秋恨就形成了，使用了一种低沉的语气来诉说诗人的内心，即用缓慢沉重的语气喃喃诉说起作者内心的憾恨。后边诗人说“深知身在情长在，怅望江头江水声”，他自己知道只要人生在世就希望得到地久天长的情谊，认为惆怅的只有滚滚东流的江水。“深知身在情长在”和作者的《属疾》诗中“多情真命薄，容易即回肠”一句有异曲同工之妙。总的来说，诗歌前三句情到深处，结句则委婉哀叹。

背景

这首诗是大中十一年（857）的时候，李商隐秋天独自一人游览曲江的时候所作。也有人认为是李商隐哀悼自己妻子所作。

名家点评

〔清〕姚培谦：有情不若无情也。(《李义山诗集笺注》)

〔清〕屈复：江郎“仆本恨人”，青莲云“古之伤心人”，与此同意。(《玉溪生诗意》)

〔清〕朱鹤龄、程梦星：“身在情长在”一语，最为凄婉，盖谓此身一日不死，则此情一日不断也。(《重订李义山诗集笺注》)

〔清〕冯浩：调古情深。(《玉溪生诗集笺注》)

〔清〕纪昀：不深不浅，恰到好处。(《玉溪生诗说》)

远书归梦两悠悠，只有空床敌素秋

端居

唐·李商隐

远书归梦两悠悠，只有空床敌素秋。
阶下青苔与红树，雨中寥落月中愁。

注释

端居：闲居。

素秋：秋天的代称。

简析

诗人客居他乡，起句写到“远书归梦两悠悠”，这是诗人迟迟没有收到盼望已久的书信，与此同时归梦遥遥无期，此时作者直接发出深深的哀叹。这和李煜“路迢归梦难成”的用意一样。第二句“只有空床敌素秋”写自己从梦中醒来，发现只有自己孤独地在此，难以重新入睡，这样就把秋天的悲凉寂寥展现了出来。诗歌的三、四两句写“阶下青苔与红树，雨中寥落月中愁”，诗人从室内转移到室外，这里因为无人来往所以长满“青苔”，秋天的红叶也迷蒙，但是这所有的一切都抵不上诗人心中的思乡之情。这两句借助了“青苔”“红树”这具有色彩的词句，借助了“雨”景、“月”色，那凄凄落雨、那凉凉月色，全都营造出凄清的氛围，表达了作者独在异乡的悲愁和对家乡亲人的思念。

背景

这首诗是李商隐客处他乡的时候所写的一首诗，主要抒发作者思念家乡、思念亲人的感情。

君问归期未有期，巴山夜雨涨秋池

夜雨寄北

唐 · 李商隐

君问归期未有期，巴山夜雨涨秋池。
何当共剪西窗烛，却话巴山夜雨时。

注释

寄北：写诗寄给北方的人。

归期：指回家的日期。

何当：什么时候。

却话：回头说，追述。

简析

《夜雨寄北》是李商隐的名篇。第一句“君问归期未有期”有问有答，既有作者羁留之苦，也有无法回去之苦。第二句“巴山夜雨涨秋池”写自己看到巴山连夜暴雨，涨满秋天的河池，这里用绵绵流水比愁苦之长。而后作者说“何当共剪西窗烛，却话巴山夜雨时”，这是诗人展开想象，说自己希望有朝一日能够与友人共同坐在家里的西窗下，一起共剪烛花，这个时候相互倾诉当下巴山夜雨中的思念之情。关于这首诗的创作初衷有两种说法，有些人认为这首诗是李商隐写给自己妻子的，但是大多数学者认为李商隐作此诗的时候其妻已经过世，而且诗名为《夜雨寄北》，而非“寄内”，所以现在学术界一般认为这首诗是李商隐留滞巴蜀地区的时候所作，用来寄怀长安亲友。

背景

《夜雨寄北》这首诗是诗人客居巴蜀之地的时候所作。

名家点评

〔近代〕俞陛云："清空如话，一气循环，绝句中最为擅胜。诗本寄友，如闻娓娓清谈，深情弥见。"(《诗境浅说》)

〔清〕纪昀："作不尽语，不免有做作态，此诗含蓄不露，却只似一气说完，故为高唱。"

〔清〕桂馥："眼前景反作后日怀想，此意更深。"(《札朴》)

〔清〕徐德泓："翻从他日而话今宵，则此时羁情，不写而自深矣。"(《李义山诗疏》)

黄巢

黄巢（820—884），唐末农民起义领袖。黄巢五岁时候便可对诗，但成年后却屡试不第。其政治思想主要是封建专制主义，力图用自己的力量改变不合理的社会现实，在诗歌上多是政治抒发之作。

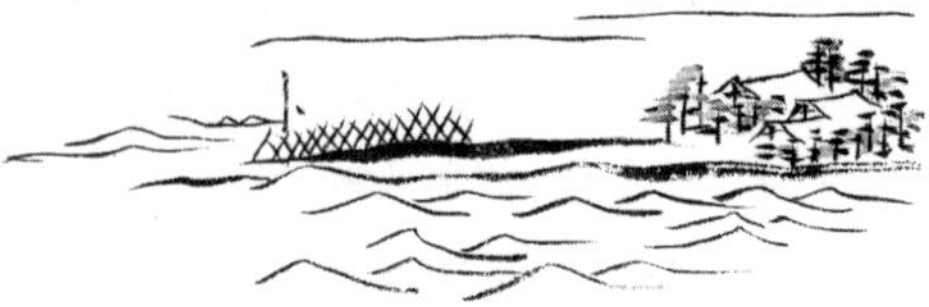

待到秋来九月八，我花开后百花杀

不第后赋菊

唐·黄巢

待到秋来九月八，我花开后百花杀。
冲天香阵透长安，满城尽带黄金甲。

注释

不第：科举落第。

杀：草木枯萎。

黄金甲：指金黄色铠甲般的菊花。

简析

很多人知道“满城尽带黄金甲”是源于张艺谋的电影，但是实际上来自于黄巢的这首诗。这是一首黄巢展示自己人生抱负的诗，第一句“待到秋来九月八”语言十分通俗，就是字面的意思，说明天就是重阳之日了，此处用九月八而不直接说重阳，一是为了押韵，二是因为古人认为到了重阳之日为“九”字，而“九”是最大的阳数，物极必反，如果用了“九”会有衰退的意味。“我花开后百花杀”这句话傲然独立，其他花朵衰败之际恰是自己生机盎然之时。最后两句“冲天香阵透长安，满城尽带黄金甲”是一种憧憬，说菊花的香气浓郁，遍满长安城。这与“花之隐逸者”的菊花形象颇为不同。全诗展现的直冲云天的非凡气势是人民群众的进取精神。

背景

这首诗是黄巢科举落第后所作，主要借赞颂菊花来展现自己的人生抱负。

名家点评

〔明〕郎瑛:《清暇录》载：黄巢下第，有《菊花》诗曰：“待到秋来九月八，我花开后百花杀。冲天香阵透长安，满城尽带黄金甲。”尝闻我（朱）太祖亦有咏《菊花》诗：“百花发，我不发；我若发，都骇杀。要与西风战一场，遍身穿就黄金甲。”人看二诗，彼此一意：成则为明，而败则为黄也。(《七修类稿》)

林杰

林杰（831—847），字智周，唐代诗人。他小时候就呈现出很高的智慧，六岁能赋诗，下笔即成文，同时精通书法棋艺，可惜英年早逝，去世时年仅17岁，现在《全唐诗》中存其诗两首。

家家乞巧望秋月，穿尽红丝几万条

乞巧

唐・林杰

七夕今宵看碧霄，牵牛织女渡河桥。
家家乞巧望秋月，穿尽红丝几万条。

注释

乞巧：又名七夕，在农历七月初七日。

碧霄：指浩瀚无际的青天。

几万条：比喻多。

简析

七夕节是中国传统节日之一，始于汉朝时期，最早来源于对自然的崇拜和女性对穿针织布的劳动向往。最早的时候是农历七月六日或七月七日的晚上古代女性在庭院乞求织女星能够赐予她们一双巧手，所以叫做“乞巧”。后来又因为牛郎织女的传说而变成中国的情人节。唐代诗人林杰的这首《乞巧》描绘的是民间七夕的盛况。诗的前两句写“七夕今宵看碧霄，牵牛织女渡河桥”，简单地叙述了牛郎织女的故事，说一年一度的乞巧节来到了，民间的女性都要向织女乞求一双巧手。后两句“家家乞巧望秋月，穿尽红丝几万条”则生动形象地展示了民间乞巧节的风俗。全诗体现的是人们节日的喜悦之情。

背景

幼年时的林杰，对牛郎织女的传说很感兴趣，他在仰头观看天河中两颗璀璨的明星时写下了《乞巧》这首诗。

名家点评

〔唐〕唐扶赞：“诗、书并佳，实在难得！”

韦庄

韦庄（约836—910），字端己，是韦应物的四代孙，唐代诗人、花间派词人。其词词风清丽，与温庭筠同为“花间派”代表作家，并称“温韦”。其诗造诣也高，多以伤时、感旧、离情、怀古为主题。

乡书不可寄，秋雁又南回

章台夜思

唐·韦庄

清瑟怨遥夜，绕弦风雨哀。
孤灯闻楚角，残月下章台。
芳草已云暮，故人殊未来。
乡书不可寄，秋雁又南回。

注释

遥夜：长夜。

楚角：楚地吹的号角，其声悲凉。

已云暮：已经晚暮了，指春光快要消歇了。

殊：竟，尚。

乡书：指家书，家信。

简析

古人写诗往往情景交融，韦庄这首《章台夜思》也是如此。诗歌首联写“清瑟怨遥夜，绕弦风雨哀”，借乐器——瑟发出的忧怨的声音来写怀。第二联“孤灯闻楚角，残月下章台”写出了“孤灯”“楚角”“残月”“章台”等代表悲伤愁苦的意象，进一步突出自己的思乡之苦。第三联“芳草已云暮，故人殊未来”告诉我们诗人相思的原因，原来在这凄清的时节，期盼的亲人故友都没有出现。那怎么才能获知家人的信息呢？诗人说“乡书不可寄，秋雁又南回”，可惜的是这时候就连写家书都成为不可能的事情，因为大雁已经飞走了。“雁又南回”是用《汉书·苏武传》中雁足寄书的典故，指鸿雁传信。这首诗前半部分写景，后半部分抒情，充分表达了作者的思乡之情。

背景

该诗表达了作者的思乡之情，具体创作时间没有定论。

名家点评

〔清〕纪昀：高调，晚唐所少。(《删正二冯评阅才调集》)

〔明〕钟云：悲艳动人。谭云：苦调柔情。(《唐诗归》)

高蟾

高蟾，生卒年均不详，约唐僖宗中和初前后在世，唐代诗人。生性具有豪侠气，重视义气，他善于作诗，以五绝和七绝为多，诗歌气势雄伟，浸透着个人的凄楚和时代的悲哀，态度谐远，如狂风猛雨之来。

曾伴浮云归晚翠，犹陪落日泛秋声

金陵晚望

唐·高蟾

曾伴浮云归晚翠，犹陪落日泛秋声。
世间无限丹青手，一片伤心画不成。

注释

晚翠：傍晚苍翠的景色。

丹青手：指画师。

简析

诗人登高望远，看到秋风中的景象，所谓“曾伴浮云归晚翠，犹陪落日泛秋声”，我们可以想象到那秋风萧瑟、那树叶掉落、那虫子哀鸣、那秋水渐少。此时又恰逢落日时分，可以说是一年中最寥落的季节，一天中最惨淡的时光都集中在一起了。第三、四句“世间无限丹青手，一片伤心画不成”是作者抒情的部分，这也是古人作诗常用的手法。这两句感慨世间纵然有那么多的绘画高手，可是谁也不能把我此时此刻内心的愁苦画出来啊！诗人想着金陵曾有的繁华，又看着金陵现在的破败，进一步想到了战乱不断的大唐，不由悲从心来。这两句从古看今，诗人为国家命运感到苦恼悲伤，但是自己只能暗自伤怀，无法挽救大厦将倾之势。全诗深沉冷静，又情绪婉转悲伤，令人感同身受。

背景

这首诗是晚唐时期登高诗的代表作之一，具体创作时间不可考证。

名家点评

〔清〕黄叔灿：“浮云”“落日”，喻盛衰之不常；“曾伴”“犹陪”，感佳丽之凄寂，正所谓“伤心”也。然“晚翠”“秋声”，丹青能画，而望中心事，妙手难描。“画不成”三字，是“伤心”二字之神。(《唐诗笺注》)

〔近代〕俞陛云：画实境易，画虚景难。昔人有咏行色诗云：“赖是丹青不能画，画成应遣一生愁。”与此诗后二句相似。行色固难着笔，伤心亦未易传神。金陵为帝王所都，佳丽所萃，追昔抚今，百端交集，纵有丹青妙手，安能曲绘其心耶？此诗佳处在后二句，迥胜前二句也。(《诗境浅说续编》)

芙蓉生在秋江上，不向东风怨未开

下第后上永崇高侍郎

唐・高蟾

天上碧桃和露种，日边红杏倚云栽。
芙蓉生在秋江上，不向东风怨未开。

注释

天上：指皇帝、朝廷。

和：带着，沾染着。

简析

唐代的时候就已经很重视进士及第的读书人了，当时每次及第之后的新进士都能受到很高的待遇，这首诗是高蟾落榜后所写。诗的前两句写“天上碧桃和露种，日边红杏倚云栽”，一开始就用“天上碧桃”和“日边红杏”来作比，意味着这些人可以前程似锦，大展宏图了。与其相比，诗人自己落第了，所以第三句中用他“秋江芙蓉”自喻，他和那些高中的人相比显然一个江边，一个天上。然而，诗人并没有轻看自己，因为“芙蓉”最是清高，正如《爱莲说》中所写“出淤泥而不染，濯清涟而不妖”，他对自己的才华是相当自信的。全诗最后一句写到“不向东风怨未开”，暗寓自己生不逢时，因为这个时候很多人能够考取功名并非全然凭借自己的真才实学，所以此诗实际上展现了诗人对自己才学的信心。

背景

这首诗是唐咸通十二年（871），高蟾因科考不中向礼部侍郎高湜所作的干谒之诗。

名家点评

〔明〕敖英：谢叠山曰：此诗妙在后二句。(《唐诗绝句类选》)

〔清〕黄生：语含比兴。前二句喻得第者沐知遇之恩；后二句喻己下第，皆时命使然，不敢归怨于主者，犹有诗人温柔敦厚之意。若孟郊之“恶诗皆得官，好诗抱空山”，几于怒骂矣，岂复可以为诗乎！(《唐诗摘钞》)

〔清〕沈德潜：存得此心，化悲愤为和平矣。(《唐诗别裁》)

〔清〕李锳：时命自安，绝无怨尤，唐人下第诗以此为最。(《诗法易简录》)

皇甫松

皇甫松，具体生卒年不详，是当时宰相牛僧孺的外甥，字子奇，自号檀栾子，唐代诗人、词人。《花间集》称他“皇甫先辈”。其作品情味深长，王国维认为在这点上其诗词尚在白居易、刘禹锡之上。

船动湖光滟滟秋，贪看年少信船流

采莲子·船动湖光滟滟秋

唐·皇甫松

船动湖光滟滟秋，贪看年少信船流。
无端隔水抛莲子，遥被人知半日羞。

注释

滟滟：水面闪光的样子。
信船流：任船随波逐流。
无端：无故，没来由。

简析

这首诗清新隽永，虽名为《采莲子》，但是并没有写采莲子的动作，而是描绘了少女的神情。第一句写船动的时候使得“湖光滟滟”，这种秋色没有萧瑟之感，而是浪漫动人。第二句“贪看年少信船流”写采莲女被一位年轻英俊的少年所吸引，所以她才让船随波逐流，解释了船动的原因。这里的少女大胆多情，表明了她对美好爱情的向往。第三句“无端隔水抛莲子”中的“莲”一语双关，表露了姑娘的情思，富有江南民歌《西洲曲》的风韵。而少女又更为大胆，她抛出这一颗莲子，当真是不顾什么封建礼法的束缚。最后一句是少女内心的活动，她虽然做了大胆之举，可是内心的羞涩又让自己不好意思起来。总的来说这首诗描绘了一幅江南水乡的少女画，带有一定的民歌韵味。

背景

这首诗主要反映了江南水乡的风情人物，具体创作时间不能确定。

名家点评

〔清〕况周颐：写出闺娃稚憨情态，匪夷所思，是何笔妙乃尔。(《餐樱庑词话》)

〔近代〕刘永济：此二首写采莲女子之生活片段，非常生动，有非画笔所能描绘者。盖唐时礼教不如宋以后之严，妇女尚较自由活泼也。(《唐五代两宋词简析》)

寇准

寇准（961—1023），也做寇準，字平仲，北宋政治家、诗人，与白居易、张仁愿并称“渭南三贤”。政治颇有建树，使宋辽双方订立“澶渊之盟”。他善诗能文，七言意新语工，情景交融，清丽深婉，最有韵味。

萧萧远树疏林外，一半秋山带夕阳

书河上亭壁

宋·寇准

岸阔樯稀波渺茫，独凭危槛思何长。
萧萧远树疏林外，一半秋山带夕阳。

注释

凭：靠。

危：高。

危槛：高高的栏杆。

简析

寇准在黄河边的一个亭子上题诗，一共写了春夏秋冬四首抒情绝句，此诗以“秋”作为书写对象。“岸阔樯稀波渺茫”一句中的“岸阔”简单地缩减了王湾诗中“潮平两岸阔”的意思，全写出了黄河的宽阔、渺茫和樯稀，整体给人一种河上烟波的渺茫感。“独凭危槛思何长”写这个时候诗人自己靠在栏杆上进行深深地思索，也许是感慨黄河的波光，也许是抒发内心的才情，也许是联想到朝中之事，诗人没有说破，我们可以做各种猜测。“萧萧远树疏林外，一半秋山带夕阳”则是作者所见，他眼前看到的是远处那稀疏的树林，树林后耸立着高山，高山后是若隐若现的阳光。这最后一句读起来很有韵味，颇有白居易《暮江吟》“一道残阳铺水中，半江瑟瑟半江红”的感觉。

背景

这首诗是寇准在咸平元年（998）所作，当时他创作了四季组诗，这是其中的第三首。

欧阳修

欧阳修（1007—1072），字永叔，号醉翁，晚号六一居士，北宋政治家、文学家，唐宋八大家之一。他是宋代文学史上最早开创一代文风的文坛领袖，领导北宋诗文革新运动，继承发展韩愈古文理论，对诗风、词风进行革新。

节物岂不好，秋怀何黯然！

秋怀

宋·欧阳修

节物岂不好，秋怀何黯然！
西风酒旗市，细雨菊花天。
感事悲双鬓，包羞食万钱。
鹿车何日驾，归去颍东田。

注释

秋怀：秋日的思绪情怀。

节物：节令风物。

包羞：对所做事感到耻辱不安。

鹿车：用人力推挽的小车。

简析

古代诗人写“秋”的诗歌经常是“草木摇落露为霜”的荒凉萧瑟，但是欧阳修的这一首以反问开篇，“节物岂不好，秋怀何黯然”，他问大家谁说秋天不好呢？后边却说在无限风光的秋景中自己为何黯然销魂呢？第二联“西风酒旗市，细雨菊花天”又一次转折，描绘了秋天的美景。凉爽的秋风吹动着酒旗，丝丝的细雨滋润着菊花，这甚至让人感觉到春的美好。第三联“感事悲双鬓，包羞食万钱”，诗人感慨自己苟且偷生，忧国忧民之情立刻展现在我们面前了。最后一联写“鹿车何日驾，归去颍东田”，其中的“鹿车”指的是用人力推的小车，因为车上只能容纳一只鹿，所以得名。也有人认为“鹿车”借用了佛家用语，都是表达了自己想要归隐山林的心意。

背景

宋仁宗庆历五年（1045），受到“庆历新政”事件的影响，欧阳修被贬滁州，这是他上任后的一个秋天所作。

李清照

李清照（1084—约1155），号易安居士，宋代女词人，婉约派“一代词宗”，被称为“千古第一才女”。其词前期多写悠闲生活，后期多叹自己。形式上善白描手，语言清丽。论词强调协律，提出词“别是一家”之说。

红藕香残玉簟秋

一剪梅·红藕香残玉簟秋

宋・李清照

红藕香残玉簟秋。轻解罗裳，独上兰舟。云中谁寄锦书来，雁字回时，月满西楼。

花自飘零水自流。一种相思，两处闲愁。此情无计可消除，才下眉头，却上心头。

注释

玉簟：光滑如玉的竹席。

兰舟：船的美称。

锦书：书信的美称。

闲愁：无端无谓的忧愁。

无计：没有办法。

简析

李清照被称为婉约派词宗，其词雅致清新，这首《一剪梅·红藕香残玉簟秋》表现了其前期创作的特点。此词起句“红藕香残玉簟秋”用侧面描写的方式告诉我们秋天到来，诗人一个人去泛舟。“云中谁寄锦书来，雁字回时，月满西楼”又写晚上之事。李清照自己独上高楼，却等不来丈夫的信。此时李清照和赵明诚新婚不久，赵明诚因为是太学生而不能长期住家，所以诗人兴起了相思之情。下半阕第一句“花自飘零水自流”承上启下，将相思之情进一步荡漾开来。“一种相思，两处闲愁”由自己推及赵明诚，两人在两地思念对方，但是两人的这种相思之情又是同样的感情。而这种感情又没有办法消除，即便能下眉头，“却上心头”了。

背景

此词是李清照嫁给赵明诚后不久所作，属于词人前期作品。

名家点评

〔明〕杨慎：离情欲泪。读此始知高则诚、关汉卿诸人，又是效颦。

〔明〕王世贞：李易安此情无计可消除，才下眉头，又上心头。可谓憔悴支离矣。(《弇州山人词评》)

叶绍翁

叶绍翁，生于1194年，卒年不详，字嗣宗，号靖逸，南宋中期文学家、诗人。他原本姓李，家道中落后嗣于龙泉叶氏，其存诗有40余首，大多为上乘佳作，以七言绝句最佳，其“春色满园关不住，一枝红杏出墙来”千古传诵。

萧萧梧叶送寒声，江上秋风动客情

夜书所见

宋·叶绍翁

萧萧梧叶送寒声，江上秋风动客情。
知有儿童挑促织，夜深篱落一灯明。

注释

客情：旅客思乡之情。

促织：俗称蟋蟀，有的地区又叫蛐蛐。

简析

这首诗借景抒情，动静结合。诗中的一、二两句“萧萧梧叶送寒声，江上秋风动客情”写秋天时分，凉风瑟瑟，树叶飘飞，阵阵寒声随风而来，这就感染了诗人漂泊异乡的伤感。后两句“知有儿童挑促织，夜深篱落一灯明”写几个少年晚上挑灯逗弄蟋蟀的生活场景。儿童的天真烂漫能够引起作者对童年时代的回忆，但是不能忘记第二句的“动客情”，所以也有人认为这首诗抒发的是作者客居他乡的孤寂，后两句是乐事反衬的作用。关于诗中“知有儿童挑促织”一句学术界历来有不同看法，有的将“挑”解释为用细长的东西拨动，有的人认为“挑促织”就是捉蟋蟀，我们的解释从第一种“逗弄蟋蟀”。

背景

这首诗是作者客居异乡，有感秋夜所作，具体时间年代不可考。

名家点评

〔现代〕钱钟书：“这种景象就是姜夔《齐天乐》咏蟋蟀所谓：‘笑篱落呼烟，世间儿女。’”若补上陈廷焯评姜词所云：“以无知儿女之乐，反衬出有心人之若，最为入妙”(《白雨斋词话》卷二)，便可想见诗人此时内心深处的悲哀了。(《宋诗选注》)

陆游

陆游（1125—1210），字务观，号放翁，南宋文学家、史学家、爱国诗人，现存诗9000多首。陆游一生笔耕不辍，诗、词、文都有很高的成就，其诗语言平近晓畅、章法整齐严谨，兼具李白的汪洋恣肆与杜甫的沉郁顿挫。

砧杵敲残深巷月，井梧摇落故园秋

秋思·利欲驱人万火牛

宋·陆游

利欲驱人万火牛，江湖浪迹一沙鸥。
日长似岁闲方觉，事大如天醉亦休。
砧杵敲残深巷月，井梧摇落故园秋。
欲舒老眼无高处，安得元龙百尺楼。

注释

欲：欲望。

浪迹：到处漫游，行踪不定。

井梧：水井边的梧桐树。

元龙：陈元龙，即陈登，三国时人，素有扶世救民的志向。

简析

陆游的诗常常表达自己的爱国热情，这首《秋思》也不例外。诗中看似是在赞美恬淡的生活，第一联写“利欲驱人万火牛，江湖浪迹一沙鸥”，这说的是人们好像火牛四处奔跑是因为利益驱使，那倒不如像沙鸥那样在江湖之间自由自在。“日长似岁闲方觉，事大如天醉亦休”，说的是这样一天一天一年一年，即使是有天大的事情，即使是日日醉酒也与自己无关。可是这样的陆游就不是陆游了，他转笔写到“砧杵敲残深巷月，井梧摇落故园秋。欲舒老眼无高处，安得元龙百尺楼”，在那声声捣衣棒的敲击中，在那西沉的明月中，在那落叶的梧桐中，诗人看到秋天来了，这时候却没有一个能够极目远眺的高楼，这让人如何能够谈论天下大事呢？全诗在后半部分终于写到了主旨：诗人念念不忘的国家大事。

背景

《秋思》是作者秋日感怀所作，陆游于嘉泰三年(1203)秋居住在山阴的时候作了一组诗，这是其中的一首。

表现了他既向往闲适又不能闲居的心情，具体创作年份不可考。

诗情也似并刀快，翦得秋光入卷来

秋思·乌桕微丹菊渐开

宋·陆游

乌桕微丹菊渐开，天高风送雁声哀。
诗情也似并刀快，翦得秋光入卷来。

注释

并刀：并州快剪，爽利。

简析

陆游的诗常常表达自己的爱国热情，但是这首《秋思》却表达了自己的愉悦心情。诗人开始写“乌桕微丹菊渐开，天高风送雁声哀”，这就直接给我们营造出了一个世外桃源，这里乌桕散发出淡淡的红色，秋天的菊花也逐渐开放，秋高气爽，大雁南归，这时候诗人的情思被激起来，所以说“诗情也似并刀快，翦得秋光入卷来”。“并刀”指的是并州的剪刀，当时该地的剪刀以快著名，所以并刀有爽利的意思。作者这句诗运用了拟物的修辞方法，把自己写成并州的剪刀，是说自己要把这美景都剪进自己的诗篇之中。

背景

《秋思》是作者秋日感怀所作，陆游于嘉泰三年(1203)秋居住在山阴的时候作了一组诗，这是其中的一首。

朱熹

朱熹（1130—1200），字元晦，又字仲晦，号晦庵，晚称晦翁，宋代著名的思想家、哲学家、教育家、诗人，与程颢、程颐合称“程朱学派”。闽学派的代表人，儒学集大成者，尊称为朱子，中国教育史上继孔子后的又一人。

未觉池塘春草梦，阶前梧叶已秋声

偶成

宋·朱熹

少年易老学难成，一寸光阴不可轻。
未觉池塘春草梦，阶前梧叶已秋声。

注释

学：学问、学业、事业。
一寸光阴：日影移动一寸的时间，形容时间短暂。
轻：轻视，轻松放过。
未觉：没有感觉、觉醒。

简析

这首诗是朱熹讲学的时候写给自己门生的诗，主要是告诫年轻人要珍惜时光，认真学习。全诗和唐代诗人王贞白的《白鹿洞二首·其一》中写的“读书不觉已春深，一寸光阴一寸金”的意味非常相似。前两句“少年易老学难成，一寸光阴不可轻”是诗人总结自己人生之后的经验之谈，人生在世，倏忽即逝，可是很难成就大的学问，这就说明一个人要时刻抓紧时间，珍惜美好的年华，只有这样你才能有时间读更多的书，学更多的知识。后两句“未觉池塘春草梦，阶前梧叶已秋声”形象地说春天和秋天真的只在瞬间，你看那春草还在自己的美梦中酣睡，谁知道秋天的梧桐都已经落叶纷纷了呢！

背景

庆元二年（1196），朱熹带着自己的门生在武夷堂讲学，此时他创作了这首《偶成》。

清溪流过碧山头，空水澄鲜一色秋

秋月

宋・朱熹

清溪流过碧山头，空水澄鲜一色秋。
隔断红尘三十里，白云红叶两悠悠。

注释

碧山头：碧绿的山头。指山上树木葱茏、苍翠欲滴。

空水：指夜空和溪中的流水。

澄鲜：明净、清新的样子。

一色秋：指夜空和在融融月色中流动的溪水像秋色一样明朗、澄清。

简析

这首诗的作者有朱熹、程颢两说，但是现在学术界根据《朱文公集》认为其作者应该是朱熹。这首诗的名字是《秋月》，但是整个笔墨都集中在写山间溪水上，实在是侧面描写的佳作。“清溪流过碧山头，空水澄鲜一色秋”化用谢灵运《登江中孤屿》中的“云日相辉映，空水共澄鲜”，主要写水中的倒影，讲了清澈的溪水从碧绿的山头流下来,这时候清水蓝天笼罩在月色下格外美丽。诗歌后两句“隔断红尘三十里，白云红叶两悠悠”借景抒情，诗人感觉着美丽的秋色把红尘俗世都隔断在了三十里之外，那白云、那红叶都是悠闲自在的，可以说当诗人看到那么美丽的景色之后，心中自然会荡出一种超脱尘俗的高雅情怀。

背景

诗歌创作的具体时间不可考证，应该是在一个秋高气爽的夜晚创作而成。

戚继光

戚继光（1528—1588），字元敬，号南塘，晚号孟诸，卒谥武毅，明朝抗倭名将，杰出的军事家、书法家、诗人、民族英雄。其有军事著作的同时，诗文亦有一定造诣，其诗格律颇壮，展现燕赵慷慨之音。

繁霜尽是心头血，洒向千峰秋叶丹

望阙台

明·戚继光

十年驱驰海色寒，孤臣于此望宸銮。
繁霜尽是心头血，洒向千峰秋叶丹。

注释

望阙台：在今福建省福清县，为戚继光自己命名的一个高台。

十年：指作者调往浙江，再到福建抗倭这一段时间。

孤臣：远离京师，孤立无援的臣子，此处是自指。

宸銮：皇帝的住处。

简析

戚继光是我国的抗倭英雄，这首诗抒发了他的热血丹心。戚继光登高之作也要与自己的人生相对，所以“十年驱驰海色寒”概括地写出了作者一生戎马的战斗经历，后面一句“孤臣于此望宸銮”写自己登上阙台的心情，自己的战士保卫国家但是没有得到朝廷的大力支持，这种矛盾之情溢于言表。这句中的“孤臣”是诗人孤立无援的感觉，“宸銮”使用了借代的修辞方法，用皇帝居住的宫殿代指朝廷。紧接着的“繁霜尽是心头血，洒向千峰秋叶丹”借景抒情，这两句借“繁霜”“秋叶”这些意象表达了自己忠贞的报国热情。当诗人看到火红的枫叶，不由心中又升起激情，自己不计较个人得失，重在保家卫国的爱国热情点燃了读者。

背景

明嘉靖中，戚继光抗击倭寇，后任福建总督，这首诗就是作者此时所作。

汤显祖

汤显祖（1550—1616），字义仍，号海若、若士、清远道人，中国明代戏曲家、文学家。精通古文诗词，戏曲创作成就最高，其戏剧作品《牡丹亭》(《还魂记》)、《紫钗记》《南柯记》和《邯郸记》合称“临川四梦”。

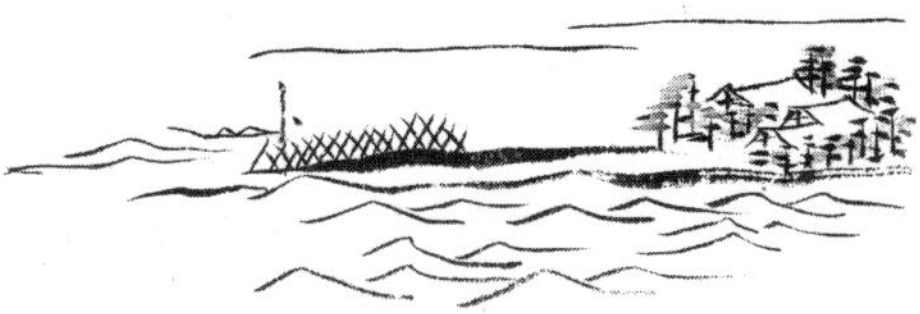

寂历秋江渔火稀，起看残月映林微

江宿

明·汤显祖

寂历秋江渔火稀，起看残月映林微。
波光水鸟惊犹宿，露冷流萤湿不飞。

注释

江宿：宿于江上舟中。
寂历：寂寞、冷落。
渔火：夜间渔船上的灯火。
残月：这里指下弦月。
微：隐约，微弱，这里指残月的清淡光芒。

简析

汤显祖是明代著名剧作家，他的诗歌也具有很高的艺术价值。此诗全用白描的手法，给我们描绘出一幅美丽的图画，同时也表现出汤显祖安详、平和的内心感受。这首诗前两句“寂历秋江渔火稀，起看残月映林微”是景物描写，静态地写了清冷的秋夜，江上渔火点点呈现，一弯残月照着江边的树木。后两句“波光水鸟惊犹宿，露冷流萤湿不飞”则是动态描写，江中波光闪现，惊醒了已经入睡的鸟儿，萤火虫在江上飞过，谁想到翅膀被露水打湿了，所以好像是停止飞翔一样。这首诗的重心全在一个“光”字上，第一句有渔火之光。第二句有残月之光，第三句有水波之光，第四句有萤火之光,《中华古典诗歌吟味》中说此诗“秋夜天色将明而未明时，江上特有的一种宁静、幽清的境界被生动地表现出来了。”

背景

作者创作这首诗的具体年份并不能确定，表达的是安详平和之感。

名家点评

〔当代〕黄绍筠：秋夜天色将明而未明时，江上特有的一种宁静、幽清的境界被生动地表现出来了。(《中华古典诗歌吟味》)

〔当代〕马雪松：此诗所表现的是江宿中所见的秋夜已深，天色未明时的一种境界。(《明诗三百首详注》)

〔当代〕艾治平：这首诗句句写景：秋江、渔火、残月映怀，波光、水鸟、露冷萤湿，清幽寂寂，一种不染。(《历代绝句精华全解》)

纳兰性德

纳兰性德（1655—1685），字容若，号楞伽山人，清朝初年著名词人。其词现存348首，内容涉及广泛，悼亡词和边塞词成就最高。其词以“真”取胜，写景逼真传神，词风清丽婉约，哀感顽艳，格高韵远，独具特色。

人生若只如初见，何事秋风悲画扇

木兰词·拟古决绝词柬友

清 · 纳兰性德

人生若只如初见，何事秋风悲画扇。
等闲变却故人心，却道故人心易变。
骊山语罢清宵半，泪雨零铃终不怨。
何如薄幸锦衣郎，比翼连枝当日愿。

注释

木兰词：词牌名。
柬：给……信札。
故人：指情人。

薄幸：薄情。

锦衣郎：指唐明皇。

简析

这是一首拟《决绝词》的词，主人公是一位被抛弃的女子，主要控诉男子无情，表达自己誓要与其分手的决心。词的第一句“人生若只如初见”是一句名句，“何事秋风悲画扇”一句用汉朝班婕妤的典故，说不会有悲戚之事发生。“等闲变却故人心，却道故人心易变”讲的是两人如果只是像初见时那样亲密该有多好，那样就没有可是男子却不这样认为，他说人心变了就是变了，没有什么不可以的。“却道故人心易变”一句再次用典，化用了谢朓的《同王主簿怨情》后两句“故人心尚永，故心人不见”。紧接着两句“骊山语罢清宵半，泪雨零铃终不怨”化用唐明皇与杨玉环的爱情故事，“何如薄幸锦衣郎，比翼连枝当日愿”又化用唐李商隐《马嵬》诗句，这些内容都在向我们展示男子的无情。

背景

纳兰性德一生中有三位女性与其关系密切，这首诗创作于其初恋离开之后不久。

名家点评

〔当代〕于在春：“题目写明：模仿古代的《决绝词》，那是女方恨男方薄情，断绝关系的坚决表态。这里用汉成帝女官班婕妤和唐玄宗妃子杨玉环的典故来拟写古词。虽说意在‘决绝’，还是一腔怨情，这就更加深婉动人。”（《清词百首》）

〔当代〕盛冬铃：“决绝意谓决裂，指男女情变，断绝关系。

唐元稹曾用乐府歌行体，摹拟一女子的口吻，作《古决绝词》。容若此作题为‘拟古决绝词柬友’，也以女子的声口出之。其意是用男女间的爱情为喻，说明交友之道也应该始终如一，生死不渝。”（《纳兰性德词选》）